밀회,
그 사랑의
품으로

밀회, 그 사랑의 품으로

©이향영 2024

초판1쇄 발행 | 2024년 3월 25일

지 은 이 | 이향영
펴 낸 이 | 배재경
편 집 디 자 인 | 조민지
펴 낸 곳 | 도서출판 작가마을
등   록 | 제 2002-000012호
주   소 | (48931) 부산광역시 중구 대청로141번길 3 (중앙동, 501호 다온빌딩)
          서울시 도봉구 도당로 82(방학1동, 방학사진관 3층)
          T. 051-248-4145, 2598   F. 051-248-0723   E. seepoet@hanmail.net

ISBN 979-11-5606-255-4 3810   정가 15,000원

밀회, 그 사랑의 품으로

이향영 지음
Lisa Lee

도서출판
작가마을

밀회, 그 사랑의 품으로

수영로교회 부목사 정민진

시를 먼저 음미하고 작가의 소개를 들으면 놀라실 것입니다. 글 귀마다 18세 소녀 감성이 느껴지지만 이향영 작가님은 올해 82세 의 어르신이십니다.

자신에게 임한 감동을 글귀에 담아 누군가에게 전달하는 일은 참으로 기쁜 일입니다. 여기에 의미까지 전달할 수 있다면 보람이 더해집니다. 작가님의 글은 이 기쁨과 보람뿐만 아니라 영광까지 담겨진 일입니다. 생명을 살리는 복음의 메시지가 녹아 있기 때문 입니다. 글에는 하늘의 비밀과 이에 반응했던 한 존재가 담겨 있습 니다. 어렵지 않고 쉽습니다. 그래서 공감됩니다.

작가는 마치 창문의 역할을 자처한 듯합니다. 독자들이 자신을 통해 복음을 목격하길 바라고 있는 듯합니다.

우리는 그렇게 왜곡 없이 진리를 투영하는 맑은 영혼을 마주하게 됩니다.

복음은 지적 동의를 일으키는 단순 교리에 그치지 않습니다. 지적 유희를 위한 철학과는 결이 다릅니다. 복음은 전인격적인 작용을 일으키는 인격입니다. 이 글은 우리의 마음을 건드리는 복음 조각 역할을 합니다. 그렇게 복음으로 한 영혼이 건드려진 예를 마주하게 됩니다.

부디 이 글을 읽는 모든 이들이 작가를 감탄하게 한 복음을 만날 수 있길 바랍니다. 이 책이 그렇게 이 세상에 쓰임 받길 기대합니다.

디아스포라 반생, 아버지의 사랑으로

이향영 Lisa Lee

그분의 창조와 사랑으로 완성된 사람과, 모든 사물은 하늘과 바다, 구름과 바람, 산과 들판, 숲과 나무들의 거룩한 예배, 새들의 다정한 찬미, 꽃들의 겸손한 묵상 세상에 생존해 있는, 모든 미학적 존재들은 그분의 장엄한 품격으로 연출된, 사랑의 언어입니다.

은혜의 축복으로, 은혜 홀의 강단에서 흘러넘치는 성령의 말씀을 받아먹으며 그분께 영광과 존경과 감사를 올려드리고
하나님이 기뻐하시는, 기쁘미*로 살고파 강단의 꿀송이를 아이처럼 받아적었습니다.

미켈란젤로가 피에타를, 열정과 성심으로 조각해서 주님께 아낌없는 영광을 올려드렸지요, 그분은 모든 사물 중에 인간을 으뜸으로 당신의 형상대로 지어, 부활의 신비로 완성될, 우리는 그분의 시詩요, 예술품藝術品인, 걸작 중에 걸작품입니다.

아버지의 사랑으로 그분의 작품이 된, 작은 저는 오늘 이 순간을 선물 받은 것이, 가장 큰 은혜이고 기쁨입니다

은혜 풍성한 수영로교회로 예비해 주신, 크신 사랑에 감사하여 디아스포라로 반생을 살았던 제가, 우리 아버지와 기도로 속삭일 수 있는, 사랑의 품으로 돌아와 길이요 진리인 믿음으로 자유를 누리는 것처럼, 세상에서 방황하는 사람들이 모두 저처럼, 새 삶으로 행복했으면 좋겠습니다.
  이 졸필의 시집을 미켈란젤로의 마음으로, 사랑이신 하나님 아버지께 올려드리고 싶습니다.

진달래와 개나리들이 합창하는
경주 베이스캠프 십자가 아래서

저자 이향영 Lisa Lee

* 기쁘미 저자의 별명

차례

part 1 _ 그 사랑의 품에서

part 2 _ **환란이 은혜가 되어**

차례

part 3 _ 안드레 마을

part 4 _ 메멘토 모리

차례

part
1

그 사랑의 품에서

|

강단의 말씀을 충실히 섭취하자,
육신의 양식은 입을 즐겁게 하지만,
영의 양식은 존재적 고난을
회복시키고, 영혼을 구원해주시리

아버지 집으로 1

우리 아버지의 집은
나의 육신의 집이고
나의 마음의 집이고
나의 말씀의 집이고
나의 영혼의 집이고
나의 소망의 집인걸

우리 아버지의 집은
나의 예배의 집이고
나의 교육의 집이고
나의 친교의 집이고
나의 기도의 집이고
나의 구원의 집인걸

우리 아버지의 집은
나의 기쁨의 집이고
나의 자비의 집이고
나의 평화의 집이고
나의 사랑의 집이고
나의 영원한 집인걸

그동안 얼마나 방황했던가,
한국에서 미국으로 다시
반세기 만에, 미국에서 한국으로
예비해 주신 해운대 수영로교회로
오늘 아버지의 집으로 와서
은밀에 기대어, 그 사랑의 품에 안기기까지

아버지 집으로 2

우리 아버지의 집은
나의 구원의 안식처
나의 기쁨의 호산나
나의 절제의 도피성
나의 아버지 은혜가
나의 주님의 사랑이
나의 성령님 축복이

평화와 소망으로 건축된 집
구원과 사랑으로 건축된 집
이웃과 선교 위해 건축된 집
영혼과 천국으로 건축된 집
알파와 오메가로 건축된 집

나의 꿈이 기다리는 보석의 집
나의 소망이 빛으로 완성될 집
나의 사랑이신, 그 품에 안기어 속삭이네

아버지 집으로 3

물 만난 물고기처럼
비 만난 나무들처럼
해 만난 들풀들처럼
내 심장이 뛰고 뛰네

별 보고 설레는 가슴
주님 만나 벅차고 감격한 마음
새벽마다 아버지 집으로
미소 띤 사슴 되어 뛰어가네

하나님께 내 손발이 붙잡혔네
가슴의 공허 그분께 바쳤고
마음의 빈집 성령님이 채워주셨고
나는 온전히 주님께 접목되었네,

주님 제 목에, 강아지 목줄처럼 졸라매어
아버지를 따라다니게 줄을 당겨주소서
아버지의 손에서 제 혼의 줄을 놓지 마소서
늘 아버지만 바라보게 도와주소서

하나님이 빛의 미소로

예수님이 신비의 웃음으로
성령님이 기적을 베풀어 내 얼굴에
환한 웃음꽃이 늘 피게 하시네

웃음은 만병의 치료 꽃
웃음은 예수의 치유 꽃
웃음은 기도의 열매 꽃
웃음은 성령의 표정이네
웃음은 사랑을 창작하네

아버지 집으로 4

날마다 광야에서 헤맸던
눈먼 양 한 마리, 아버지는
아흔아홉 마리 양을 두고
길 잃은 한 마리 염소인 나를

그분이 찾아내셨고
그분이 푸른 눈으로
사랑의 손길로 나를
아버지 집으로 인도하셨네

내, 고난의 짐을 내려놓을 곳은
나의 고통을 없애 줄 곳은
이웃의 막힌 담을 열어 줄 곳은
오직 아버지 집 밖에 없었네

내가 가고 싶은 그곳은
나의 성령님이 데려가신
오직 아버지 집뿐인 것을
아버지 집에서 내가 기뻐하며 춤추네
아버지 집에서 내가 성령으로 춤추네
아버지에게 기대어 신부의, 그 사랑 나누네

아버지 집으로 5

새벽마다 눈물로 드리는 밀어
새벽마다 회개로 드리는 밀어
오직 아버지만 용서할 수 있는
나의 모든 죄 사함을 받았고

나는 길이요 진리요 생명이신
그분의 첫사랑을 회복했네
내 육신이 시냇가 사슴처럼
춤추며 아버지를 찬양하네

내 영혼이 하늘의 별처럼
별꽃의 노래로 영광 올려 드리네
나의 소망은 찬란한 4차원에 있고
예수님이 무지개이고 약속이시네,

아버지의 집은 나의 샬롬성,
아버지의 집은 나의 케렌시아,
아버지에게 속삭이는, 나의 밀어는 참사랑
기도만이 하늘과 땅이 소통하는 시와 찬미
기도만이 땅과 하늘을 잇는 온전한 밀회

아버지 집으로 6

새벽마다 기도의 지팡이로
복음의 문을 두드리며
눈물로 당신께 매달리네

지금까지 없는 명예와 재물로
인간관계 지키려고 고통스러웠네
헛된 것들 붙잡고 괴로워 말고

모든 것 다 내려놓고
모든 것 다 버리고
십자가 그늘 아래로
당신 손을 꼭 붙잡고
당신만 따르라 하시네
당신 안에 머물라 하시네

내게 아무것 없어도
당신이 두 손 꼭 잡아 주시니
어찌 기뻐하지 않으리
나는 주님의 것이 되었네
나는 그 사랑의 품에서 살리라

아버지 집으로 7

새벽의 특별 기도회에 나가
기도로 주님을 연주하는 찬양

어린이들과 청장년들의 뜨거운 기도
그 물결에 합한 나의 노래도
알레그로의 옷 입고 하늘로 올라가네

믿음은 바라는 것들의 실상이요
보지 못하는 것들의 증거라 하시니
그분의 말씀을 어찌 믿지 못하리
나는 당신의, 사랑의 노예가 되었고

아버지 제 믿음이 기도하게 하소서
아버지 제 믿음이 찬송하게 하소서
아버지 제 믿음이 부흥하게 하소서
아버지 제 믿음이 비상하게 하소서

아버지 제 믿음이 전도하게 하소서
아버지 제 믿음이 장성하게 하소서
아버지 제 믿음이 선교하게 하소서
아버지 제 믿음이 사랑하게 하소서

아버지 집으로 8

믿음은 야금술처럼
믿음은 연금술처럼

나의 삶을 기도로 연주하고
나의 삶을 말씀으로 연주하고
나의 삶을 전도로 연주하고
모든 것 당신께 맡겨 드리면

걱정 근심 고통과 죄의식
외로움과 허무, 어떤 환란도
전쟁과 지옥 같은 인간관계도
빛나는 사랑으로 색칠해가시네

그가 나를 단련하신 후
욥처럼, 다니엘처럼, 요셉처럼,
너와 내가 순금처럼 정결하여, 깨어서
신랑을 기다리는 밝은 등불이 되라 하시네

나는 그분 나무에 달린
달콤한 포도송이 꿀송이
그분으로 숨 쉬는 생명나무

예수 나무로 만난 지혜의 도서관

나는 예수를 걷는 말씀 나무의 열매
나는 예수를 소망하는 그분의 신부
나는 예수를 사랑해, 달콤한 밀어로

아버지 집으로 9

마라의 쓴물 같은
이 시대의 고독사와 존엄사
따뜻한 공동체가 필요하네

중보기도, 셀 목장, 마을 목장,
사랑방에 속해 당신의 가족이 되는 것
그분의 공동체 안에 있으라 하시네

생명의 보약이 되신 당신의 말씀
사랑의 말씀으로 우리를 살리시고
영원히 사랑으로 함께 살자 하시네

마라의 쓴 물이 단물로 변했고
세상의 모난 돌이 기초 돌이 되었네
상처 입은 내가 수영로교회에서
당신이 입혀주신, 말씀으로 지은 고운 옷 입고

먼 길 떠났던 내가 이제는
아버지 집에서 기도로 기뻐하네
아버지 집에서 찬양으로 기뻐하네
아버지 집에서 말씀으로 기뻐하네
아버지 집에서 사랑으로 춤을 추네

아버지 집으로 10

특별 새벽 기도회 두 주를
감사로 끝내고
하나님 아버지께
존경과 영광과 승리의
기도를 올려드렸네

일주일 남은 특별 새벽 기도도
아버지께서 기뻐하시는
나는 기도의 몸이 되고 싶네

나는 언제나 작은 자로서
내 일에는 의미를 부여하지 않고
겸손한 생각과 마음으로 오직
아버지의 뜻에 합당한 자가 되고 싶네

나는 매일 아버지 안에서
존경과 영광의 화환을, 감사 기도로 올려드리고
나는 날마다 당신의 사랑 안에 살고 싶네

나의 남은 삶을 어떻게 살아야 할지
그분으로부터 한 말씀 듣고 싶네

나는 주님과 함께 십자가에 못 박혀 죽고
오직 내 안의 당신 뜻대로 살고 싶네
성령 안에서 꽃과 새처럼 사랑하며 살고 싶네

아버지 집으로 11

오후에 걷기 위해
밖으로 나갔네

아파트 앞에서 발이 접질려
침 맞으려 아침 한의원을 찾았네

친절한 원장님은 골절 같다고
정형외과로 보냈고
엑스레이 결과 수술을 권유받았네

한순간 절망의 벽이 내 앞에
검은 장막으로 세워졌네

인생이 삶이 즐겁다고
해운대가 좋다고 자랑한 내게,
모든 자랑을 배설물로 여겼다는
사도 바울의 겸손한 서신이 생각났네

갑상샘암으로 수개월 말 못 해도
자연치유로 이겨낸 나는
골절도 자연스레 붙게 하고 싶었네

〉

기다려도 안 붙으면 그때 수술할게요
걸을 수 없는 골절은, 암보다 무서웠고
내가 믿고 의지할 곳은 오직
예수그리스도, 우리 주님밖에 없었네

살아서 기도할 수 있으니 감사하고
걷지 못해도 감사하고
죽으면 당신 곁에 갈 수 있으니
리사야* 걷지 못해도 그분께 감사하자

발등의 골절 덕분에
당신과 깊은 시간을 허락받은 것을
성령께 감사의 기도를 올리네

야곱이 검은 얍복 강가에서
천사와 피눈물의 씨름으로
꺾여버린 환도 뼈의 슬픈 노래처럼

고난 후에, 축복의 문이 열리듯
야곱이 이스라엘이 되었듯이

요셉이 온갖 환란 끝에 총리가 되었듯이
욥이 모든 것 잃은 후, 곱의 축복을 받았듯
고통은 확실한 축복을 잉태해 있는 은총,

그분은 내게 무엇을 예비해 두셨을까?
달콤한 포도의 밀회, 그 사랑의 품을 열고 계시리라

* 리사—저자의 미국명

아버지 집으로 12

이젠 해운대 모래 어싱도 못하고
다람쥐처럼 사슴처럼 뛰놀다가
꼼짝할 수 없는 나는
봉쇄 수녀원 수녀가 된 느낌이고
깊은 산속 비구니가 된 것 같네

깁스하고 샤워를 자주 할 수 없는
나는 머리가 가려워도 씻기가 힘들고
한순간에 무너져 버린 나의 일상

모이든 미장원에 출장을 부탁했고
나는 삭발을 결심했네^^

거울을 보니 어떤 비구니가
거울 속에 낯설게 나타나 있고
나는 이 낯선 나와 친구로 지내기로 했네

주님, 걸을 수 없고 삭발까지 한
무너진 제 몸과 마음을 보살펴 주소서
주님이 제자의 발을 씻듯, 제 골절과 암과 침침한 눈과
먹먹한 귀와 협착증도 말씀으로 낫게 씻어주소서

〉

언젠가 걸을 수 있는 소망이 있기에
힘든 오늘을 인내로 견디게 도우소서
제가 외출할 수 없게 된 것을 감사하게
생각함은, 당신과 오붓이 지낼 수 있기에

주님 당신의 위로가 절실해요
주님 당신의 사랑이 애절해요
주님 당신의 기도가 간절해요

주님, 당신은 제게서 무슨 말을 듣고 싶나요?
주님, 제게는 당신밖에 없다는 회개의 고백이 그립나요?
주님, 저를 동굴 속에 가두어놓고 무엇에 사용하려고요?

주님, 제가 정필도 목사님의 평전시집을 써도 될까요? 그럼,
주님, 제가 정필도 목사님의 평전시집을 쓸 수 있게 도와주
소서!

아버지 집으로 13

며칠이 지나도
거울 속의 그녀는 낯설었고
친해질 수 없는 타인이었네

타인은 지옥이란 장 폴 사르트르의 말보다,
타인도 사랑이란 그분의 말씀을 묵상하네!

남의 좋은 일은 드러내어 칭찬하고
남의 나쁜 일은 덮어주는 것이 사랑임을
당신의 사랑 옷을 제게도 입히어주소서

나는 자신에게도 적용해 보고파
나는 나를 칭찬해 주었네

머리가 없어도 귀여운 스타일
머리가 없어도 두상이 예쁘고
머리가 없어도 사랑스럽구나^^

거울 안의 그녀가 생긋이 미소 짓고
거울 안의 그녀가 하하 호호 웃었고
나는 사랑으로 거울 안의 그녀를 안았네

〉

거울 안의 그녀도, 사랑으로 나를 안아 주고
당신은 거울 안에서도 나를 안아 주시고
전능하신 당신은 안 계시는 곳이 없네요

오~ 당신 없이는 한순간도 살 수 없고
오~ 당신 없이는 아무것도 할 수 없고
오~ 당신, 당신만이 은밀한 제 사랑임을 고백하네

아버지 집으로 14

유진 피터슨 목사님은
자기연민은 세균이라 했데요

이제부터 나 자신을
불쌍하거나 가련하게 생각지 말자
나는 사랑받는 당신의 시와 걸작품

햇살 같은 찬란한 웃음으로
달빛처럼 청아한 미소로
별빛처럼 환한 표정으로

당신의 복음을 세상에 알리고
당신의 사랑으로 서로 사랑하고
불쌍한 이웃을 내 몸처럼 돌보고

그분의 사랑을 배우고 실천하자
주님은 길이요, 진리요, 생명이시니,
그 길만이 우리가 따라가야 할
주님이 부활하신, 생명의 꽃길임을

하늘 가는 카라반 꽃차들

보석의 나라, 빛의 나라로
줄지어 오르는 찬란한 꿈을 꾸네

성령이 내 손 잡아 주시고,
성령이 내 등을 밀어주시고,
나는 당신의 사랑만 따라가네,

아버지 집으로 15

나는 누구이길래, 어디로 흐르는가?
미국에서 43년을 잘 살다가 어느새
부산 해운대에 와 있네

누가 나를 이곳으로 불렀을까?
누가 나를 수영로교회로 인도했을까?

당신의 도우심으로
아름다운 해운대로 돌아왔고
은혜의 수영로교회로 출석하게 되었네

그것은 내가 계획한 것 같아도
알고 보니, 이 보배로운 결실은
당신이 예비해 놓은 은혜이고
성령님의 크신 축복이네

오 주님! 제가 뭐기에?
오 주님! 제가 뭐기에?

이토록 아름다운 도시 해운대로
이토록 은혜 넘치는 수영로교회로

저를 인도해, 사랑받게 해 주시는지

하나님이 구원해줘서 감사드리고
예수님은 내가 죽어서도 감사드리고
성령님의 도우심은 밀어의 기도로 감사드리고

그 사랑의 품으로 돌아오게
인도해주신 삼위일체이신 당신께
방언의 찬미와 성령의 춤으로 감사드리네

밀회, 그 사랑의 품으로

Lisa Lee

part

2

환란이 은혜가 되어

—

목발아 휠체어야 정말 고마워
요즘 너희들은
나의 지체가 되었구나

그분의 품으로 1

22년 12월 26일부터
수영로교회에서 시작한 특새로
나는 새벽 라이드가 필요해서
알바를 구하는 광고를 했네

마을 목자가 봉사하겠다고
믿음 좋은 권사가 함께 가자고
동생이 사랑으로 하겠다고
나는 편해서 동생을 선택했네

새벽 3시 30분에 기상한,
동생은 4시 10분에 나를 픽업했고
동생의 픽업은 최상의 선물이었고
나는 기쁘고 신나게 교회로 갔네,

첫날부터 눈물 콧물이 펑펑
깨끗이 씻긴 나의 영혼
하나님 말씀을 대언하는
이규현 목사님의 입술을 통해
성령의 은혜로 사랑의 메시지가
모세혈관까지 스며들었네

〉

그분의 말씀은 미토콘드리아가 되어
나의 수명을 텔로미어로 길게 해주시네
여호와 집의 영적 음식은 나의 영과 육을
치유하는 거룩한 구약이고 은혜의 신약이네

좋으신 우리, 아버지의 품은
나를 잠잠히 쉬게 하는
초록빛 평원의 쉼터이고
하늘빛 호수의 사랑이고

은혜의 파도 되어 가슴 깊이
스며드는 사랑의 밀어로
내 영혼이 배가 부르니
내 가슴의 허무가 멀리멀리 도망갔네

그분의 품으로 2

특별 새벽기도회 주제는
누가복음 15장 말씀이었네

집을 떠나갔던 둘째 아들이
아버지 집으로 돌아오듯

나는 둘째 아들처럼
먼 나라에서 떠돌다가
나의 조국 대한민국
부산 해운대로 돌아왔네

당신의 말씀을 언제나 순종하는
아브라함은 75세 때 고향을 떠났고
나는 75세에 형제와 조카들이 사는 고향에 왔네,

무려 43년 동안 세 번의 권총 강도와
세 번의 큰 화제와 여러 차례의 지진과
내 가슴에 자식의 무덤을 만들어,
살아도 죽은 목숨처럼 상처투성이로 살아왔네

요셉이 받았던 환난을 생각하며

먼 나라에서 죽음을 견디다가
돌아온, 조국은 부자나라이고
미국보다, 생활하기에 너무나 편리하네

둘째 아들이 아버지께 반항한
행동은 바로 나 자신임을 깨달았고
당신 앞에 오늘도 눈물과 콧물로
내 죄를 고백하고 또 회개하네

메말랐던 가슴 바닥이
옹달샘으로 차오르기 시작한 말씀으로
감사의 날개가 수천 개로 달려
기도와 찬양이 되어 날아오르고
내 영혼과 육체가 성령의 축복으로
사랑받고 보호받음은, 그분의 은혜이네

수영로교회 은혜 홀
성령이 운행하는 가운데
나의 사랑과 기도는 화살 되어
푸른 날개를 달고, 직선으로 하늘 향해
찬양에 실려 알레그로로 올라가네

〉

기도의 언어는 육체를 살리고
기도의 언어는 영혼을 치유해
기도의 언어는 아버지와 속삭이는 달콤한 밀어
기도는 은밀한 신비의 은혜이고 기적이네

나는 아버지의 은혜로 기도의 옷을 입었네
나는 아버지의 은혜로 찬송의 옷을 입었네
나는 아버지의 은혜로 말씀의 옷을 입었네
나는 아버지의 은혜로 사랑의 옷을 입었네

그분의 품으로 3

이번 연말은
새벽이 기다려지고
동생 명기가 기다려지고
내가, 나를 찾아 아버지께로 가는
즐겁고 기쁜 마음으로

나는 아버지 집으로
나는 주님의 품으로
나는 첫사랑 회복하고

새벽을 사랑하게 되고
푸르게 밝아오는 새벽 공기는
새로운 꿈으로 나를 설레게 하고
영원한 소망으로 나를 춤추게 하네

새벽은 꿈을 잉태한, 새 하늘과 새 땅
새벽은 빛을 품은
우리 하늘 아버지의 시와 노래
새벽은, 나의 영혼이 성령 춤을 추게 하네

그분의 품으로 4

육의 눈물이 그치게 되고
영혼의 호수에 은혜의 눈물이
진주처럼 차오르고 있음을 느끼네

25교구 정민진 목사님의 기도
25교구 박정애 전도사님의 기도
25교구 오이순 목자님의 기도
새 가족부 김혜경 집사님의 기도
교육반 이정순 간사님의 기도
8주 교육반 고갑균 목사님의 기도
모두 뜨거운 기도와 따뜻한 친절로

우리 아버지 집의 가족은
한결같이 은혜의 새 옷 입고
햇빛처럼 온기 담긴 입술로
새 가족이 된 나를 챙겨주시네

멀고도 먼 나라에서
나는 그동안 얼마나 헤맸던가?
먼 나라의 힘든 삶을 체험해서
당신의 품이 은혜의 집이고

당신의 품이 사랑의 집인 것을

나는 이제야 알게 되었네
돌아올 아버지의 집이 있어서 좋고
사랑으로 기다려주신 우리 아버지
오~ 나는 얼마나 축복받은 사람인가!

무릎이 눈물을 펑펑 흘리는 새벽의 은혜
당신도 나를 안고, 기쁨의 눈물을 흘리시고
당신의 뜨거운 눈물에, 나는 솜사탕이 되네

그분의 품으로 5

누군가가 내게
무엇이 가장 빠른 거야 물으면
세월이라 말하고 싶네

어제 시작한 것 같은 특별 기도회
오늘이 벌써 일주일 마지막 날이고
아, 시간은 날아가기를 좋아하네

푸른 새벽
어린이들과 청년들과
함께 드리는 기도의 찬양으로
당신이 기뻐하시는 초록의 새벽

성령의 단비가 주룩주룩
천장을 뚫고 내리는 주님의 은총
이곳은 천국 잔치가 베풀어진
해운대 수영로교회 은혜 홀!

하나님 예수님 성령님
삼위께서 기뻐하시는 미소가
무지개의 빛으로 운행하시고

나의 영혼은 성령의 춤을 추네

당신의 무조건적 사랑이 잔잔한 호수처럼
나의 품에 아카펠라로 스며드네

당신의 향기는, 내 가슴을 설레게 하고
성령이 두 팔로 살포시 안아 주시는
기쁜 미소와 눈물이 화합하는
은혜의 기도가 꽃잎 바람으로 하늘가네

그분의 품으로 6

오늘은 2023년 1월 2일
특별 새벽기도회
벌써 둘째 주를 맞았고

새벽에 일어나니
시간이 늘어난 것 같아
아버지께 감사 기도를 바치고
나의 시간을 더 선물 받은 은혜는
설렘 되어 기쁨으로 차올랐네

암 치유로 영덕 칠보산에 있는
자연생활 교육원에 있을 때는
찬란한 새벽 별들이 많았는데,
부산에는 새벽에 일어나 하늘을
올려다 봐도 별들이 보이지 않았고

별은 볼 수 없지만, 보석 같은
주님의 말씀은 시와 찬미로, 은혜를 누리는
특새보다 더 값진 시간이
없다는 것을, 나는 알고 있다네

우리 아버지께 감사와 사랑과
찬양과 영광을 바치는
오~ 나는 행복한 크리스천!

아버지의 사랑을 온전히 누리는 자는
복권 당첨보다 더 큰 축복인 것을
가슴이 벅차 폭발할 것처럼
감당하기 힘들어 감사 또 감사만 하네

하루에 감사의 단어를, 5개국 말로
5천 번을 올려 드렸네
온종일 감사만 하고 살아도 감사한 날이네

그분의 품으로 7

『탕부 하나님』 책에서
저자 팀 켈러 목사님은
나는 맏아들인가? 둘째 아들인가?
독자들에게 묻고 있었네

첫째도 탕자
둘째도 탕자

미리 챙기는 둘째
뺏기지 않고
아버지 집에서
자기 것으로 지키는 첫째

나는 어느 한쪽이 아니고
첫째와 둘째 모두를 닮은 탕자이고
더 무서운 탕아가 아닌가?

이 시대는 가족 재산, 탕진 말고도
부모마저 빨리 죽기를 바란다는
겨울보다 차가운 불안의 계절이
아무런 예보도 없이, 불어오고 있네

〉

전능하신 하나님 아버지!
이 계절, 이 시대를 구원하소서
당신이 지구를 회복시켜 주소서

오직 당신만이 이 땅의 회복제!
오직 당신만이 이 땅의 능력자!

그분의 품으로 8

누가복음 15장은
이 시대의 형제 관계를
잘 말해주고 있네

이 시대는 빙하의 계절
형제간의 배려는커녕
더 가지기 위해서
서로는 서로를 고소하고
관계마저 무너뜨리고 대면 없이
지내기도 하는 유리와 얼음의 관계

부모는 물론, 형제의 우애마저 저버리고
홀로 족이 되기 위해
아버지 집을 떠나서
먼 나라로 가려고 하는 바람의 피

자유를 찾아 멀리 떠나지만
당신의 보호와 사랑을 잃은 영혼들
외로움과 공허를 채울 길이 없다네

육체도 고프고 영혼도 고픈 자유

그것이 먼 나라의 떠돌이 별이지
당신을 떠나면 모두를 잃게 되는

아버지의 진실한 사랑을
가슴으로 느끼지 못하고
바람처럼 떠돌고 싶어 하는
가엾은 영혼들의 풍선 같은 자유

하늘 아버지 집으로
돌아와 완전한 사랑과 보호와
구원과 부활의 결실을 선물 받으면
아버지는 덩실덩실 춤을 추시겠네

하늘에서 기뻐하는 잔치가
이 땅에도 흘러넘치게 되리라

그분의 품으로 9

새벽에 동생이 픽업해서
수영로교회 앞에 내려주고
돌아갈 땐 벡스코 역에서 전철을 타고
이젠 한국에서도 혼자 잘 다니는 나는

사는 맛과 교회 생활의 즐거움을
꿀송이처럼, 달콤한 맛을 찾게 되고
새해부터 새로운 길을 인도해주신
그분께 감사 기도를 드리네

전도 대회 때 최순옥과 이향영을
올려놓고 열심히 기도해서
아버지의 집으로 데려다준
박숙희 권사님과 주일마다
차로 편한 다리가 되어준
최순옥 성도님 덕분에
참 하나님을 다시 만났고

나는 아버지의 축복과 복음을
매일 먹고 영이 자라가는
하늘 아버지의 딸이 되고

은혜의 물결이 기쁨으로
피어나는 웃음꽃이 되었네

그분의 품으로 10

엊그제 시작한 새벽의 특별 기도회
벌써 2주가 끝이 났네

알레그로로 흐르는 세월처럼
나의 영적 성장도
그리스도의 장성만큼 자라고 싶은데

나의 영적 성장은 왜
누구를 닮아서 이토록
아다지오로 자랄까?

빨리 뜨겁고 빨리 식는
양은 냄비에 담긴 음식의 변화처럼
업 앤 다운 up and down 하는
내 신앙에, 나는 실망할 때가 많네

구름이 자유롭게 흐르고
바람도 자유롭게 나르고
은유의 시를 잘 짓는 예언 시인이신
주님이 한 편의 시로 나를 묶어주시길

내 마음 풀어주고 놓아주면
나는 분명 탕아처럼
사랑 넘치는 아버지 집을 두고
멀고도 먼 나라로 떠날 것이네

자연은 변화무상해도
돌아온 당신의 집을
절대로 떠나면 안 되네

몇 번의 가출로 부끄러움을 씻고
또다시 아버지 앞에 죄를 지으면
우리 아버지는 얼마나 아파하실까!
우리 아버지는 얼마나 슬퍼하실까!

항상 아버지의 입장이 되어보자
자식을 가슴에 묻은 나는 조금은
아버지의 마음을 이해할 수 있기에

아버지는 나 때문에 슬퍼하시네
아버지는 나 때문에 통곡하시네

그분의 품으로 11

특새 2주를 끝낸 오후 5시
나의 발등이 접질렸네

넘어지지 않았고
미끄러지지 않았고
평지에서 한순간 접질렸네
검은 얍복 강가에서
씨름한 야곱도 아닌데
누가 왜 나를 절름발이로 만들었을까?

그분에게 미치도록 빠져있는 나를
사탄이, 질투로 넘어뜨린 것인가?

정형외과 원장님은
여러 차례 수술을 권면했으나
하나님이 뼈가 붙게 해주실 것을
나는 믿고, 기도와 말씀을 먹으며
뼈에 좋은 음식도 섭취하네

새벽을 기다리며
특별기도 예배를 즐기는 나를

마귀가 방해한 줄 알았네

멀쩡했던 나의 오른쪽 다리가
한순간 석고 다리가 되었고
특새 마지막 주를 지킬 수 없음이
너무나 안타깝고 속상했네

가족의 도움 없이 홀로 어떻게 할 것인지
눈앞은 절체절명의 위기였고
결단하고 돌아간 아버지 집으로
다음 주부터 갈 수 없게 된 것을
그분께, 나는 다윗처럼 원망하며 토설했네

지난주 신방 때 정민진 목사님이
기도 제목 알려주면
기도해 주겠다고 했을 때
하나님이 기뻐하시는 딸이 되고 싶어요
감동하셨던 목사님의 미소가 채 지워지기 전
나는 하나님 앞에 사탄을 죽여달라 토설했네

죽음의 문턱을 바라보는 나이에

죽는 것을 감사해야 할 계절을
반평생 교회 땅을 밟고 다녔지만
나의 믿음은 걸음마란 것을 깨닫고
나는 어린애처럼 울고 말았네

성령님 제 손을 꼭 잡아 주소서
성령님 제 발걸음이 엉뚱한 곳으로
가려거든 꼭 붙잡고 기도해 주소서
코뚜레처럼, 고삐를 제게 달아 저를 몰고 다니소서

오직 주님만이 제 보호자 주인이시고
오직 주님만이 제 치유자 의사이시고
오직 주님만이 제 믿음의 리드이시네

그분의 품으로 12

목발의 다리로는
모든 것이 불편했지만
새벽에 화장실 가는 길은
금강산 가는 길만큼 힘이 들었네

가파른 산길도 아니고
언덕에서 미끄러진 것도 아니고
아파트 앞 평지에서 순간
접질린 발가락과 발등이

암 투병 때보다 더 힘이 드네
암 투병 때보다 더 무섭네
암 투병 때보다 더 암담하네
목이 아파 두세 달 말 못 했을 때보다
힘이 들어 지치고 또 지치네

아버지 집으로 가서
새벽 찬양과 기도와 말씀을
기쁨으로 즐기는 나를
사탄이 방해했다는 생각에 나는
그분 말씀의 옷자락으로 다시 무장했네

〉

하나님 당신 두루마기를 제게 입혀주소서
주님, 당신 말씀의 옷으로 저를 덮어주소서
성령님 한순간도, 저를 홀로 버려두지 마시고

기도의 밝은 불을 켜서 천사들의 보초로
저를 둘러싼 어둠의 세력을 물리치게 하소서

그분의 품으로 13

목발 두 개로 겨드랑의 힘을 빌려
1월 8일 교회로 갔네
깁스 기간 빈둥빈둥 시간 낭비가 싫어서
게으름은 큰 죄이고 마귀의 장난이라 했지?

나는 신청했던 새 신자 교육을
제대로 받고 싶어서 결심한 것을
행동으로 실천하고 싶어 교회로 가네

새 신자 교육이 시작된 첫날
나는 미루지 않고 힘들어도 참석해서
2시 45분 찬양부터 3시 강의 시작
4시 끝나자 바로 조별 미팅이 있었네

예배는 온라인으로 드려도 되지만
교육만큼은 라이브로 들어야 하고
빠지면 처음부터 다시 8주간을
새로 시작해야 하는 시스템으로
교회의 규칙을 나는 지키고 싶었네

목발을 짚고 서서 차를 가지러 주차장에 간

동생을 기다리는 시간, 눈물이 고여왔고
나는 왜가리처럼 왼쪽 다리로 서 있는데
너무나 고통스러워 쓰러질 것 같았네

십자가에서 가시관 쓰시고 피 흘리시는
주님의 고통이 떠올라 견딜 수 있었네

주차장에서 돌아온 동생이 묻지도 않은데
주차비 내는 줄이 너무 길어서 늦었다고
웬만하면 다른 사람들 배려해서
차를 두고 교회 오는 것도 특별한
믿음이고 신앙이란 생각이 들었네

깁스 한쪽과 안 한쪽 양쪽 발이 부어있고
집에 돌아오자마자 나는 쓰러졌고
내가 왜가리 다리로 버틸 수 있었음은
오직, 그분이 안아 주셨기 때문이네

하나님의 그 사랑은 어떤 상황에서도
긍정의 힘으로 견딜 수 있게 도와주시네
나는 포도알 같은 눈물로 감사 기도를 바쳤네

그분의 품으로 14

일요일 교회에 가는 것과
주중에 한 번 엑스레이
촬영하려 병원에 가는 것이
최근 들어 유일한 나의 외출이 되었네

신앙이 좋은 올케가 밥과 반찬을 만들어
동생이 배달해 주는 음식을 먹고
나는 하루하루 버티어가고 있네

조카 화진은 휠체어를 선물해주고
동생은 휠체어를 밀어주고
교회와 병원을 데려다주고
과일과 약과 온갖 심부름을
나의 수족처럼 도와주고 있네

동생과 올케는 나를 대신 살아주는
나의 지체임에 틀림이 없네
주님, 동생 부부를 축복하소서
주님, 동생 부부를 사랑하소서

오늘도 말씀과 기도로 감사한 하루였고

겨울에 산벚나무에 꽃이 피었다는 소식
꽃이 일찍 피듯, 어서 오소서 마라나타 주님!

그분의 품으로 15

두 번째 엑스레이를 찍었고
골절이 조금도 좋아지지 않아서
수술을 하는 것이 좋겠다고 또 권하네

나는 닥터에게 좀 더 기회를 달라고
어떻게 하든지 뼈가 붙게 애써보겠다고
수술은 미루겠다 하고서
나는 하나님의 능력만 믿고
부지런히 기도만 하네

화진이 조카가 주문한 휠체어를
동생이 조립을 해줘서
둘째 주부터는 한결 편리해졌네

비좁은 아파트 공간에서
휠체어를 타고 부엌 응접실 안방을
오가는 나의 새로운 삶이 시작되었네

나는 서툰 휠체어 운전자로서
집안 곳곳을 박아서
문들이 상처를 입기도 하네

문턱이 있는 화장실은
목발이 더 편리한 편이고
나의 다리 대신 휠체어와
목발이 내 다리가 되어 아픔을 돕네

나는 이들에게도 감사 기도 하며
목발아, 휠체어야 정말 고마워
요즘 너희들은 나의 지체가 되었구나
목발과 휠체어가 나를 대신 살아주네

나는, 모든 사물에도 감사 기도를 하고
자유롭게 걸을 수 있는 사람이 가장 부럽고
언젠가 나도 활기차게 다시 걸을 수 있으니
그분이 나의 소망이시기에 오늘도 견딜 수 있네

주님! 은유로 시 한 편 지어 저를 위로 하소서!

그분의 품으로 16

겨울비가 가늘게 내리는 주일
나는 우산을 쓸 수 없어서
비를 맞으며 목발로 교회로 갔네

교통정리 봉사하시는 분이
믿음이 대단하세요
내게 응원의 말씀을 주시네

믿음이 대단해서가 아니고
8주 교육받기 위한 어쩔 수 없는
선택이었고, 결심이었음을
나는 속으로 고백했네

2023년 1월 15일 일요일
성령의 단비가 내리는 축복 속으로
나는 2주차 평강 홀 교육장에 도착
10조 줄 맨 뒤에서 강의를 들었네

미국에서 공부했던 성경 말씀이
고갑균 목사님의 탁월한 교육으로
신자는 절대로 '좌절'해서는 안 되고

신자는 절대로 '자랑'해서도 안 되고
새로 듣고 배우니, 새로운 다짐이 되네

밖에는 성령의 단비가 내리고
평강 홀에는 성령의 은총이
호흡과 가슴으로 스며들었네

합력하여 선을 이뤄가시는 성령께
권능과 감사와 존경의 기도를 드렸고
감사는 고통 속에 민들레 홀씨로 움이 트네

오늘도 목발 다리로 교회 간 것이
가장 큰 은혜이고 축복이네
비가 내리는 하늘을 올려다보며
당신께 감사해서, 밀어로 은밀히 속삭이네

그분의 품으로 17

아직 익숙하지 않은
휠체어와 목발로 움직여야 하는
새로운 삶은, 나도 모르게 가끔
한숨이 절로 새어 나오네

그래도 감사해야지, 한숨도 감사해
이만하기 다행이라고 하자,
웃음이 틈을 타고 새어 나왔네

네가 거짓말을 하네
사탄이 내 귓속에서 속삭였고
짜증이 나고 걸을 수 없이, 힘든 삶이
어째서 감사하냐고 윙윙거렸네

나는 사탄이 주는 생각이라 얼른
알아차리고, 기도와 말씀으로
예수의 보혈과 십자가를 찬양하며
마음의 울타리를 단단히 지켰네

주님, 오늘도 감사의 꽃나무를
가슴에 심게 해 주심에 감사하고

꽃이 자라, 그 향기로 이웃을 사랑할 수 있게
인내와 열정을 지켜달라 간구했네

잿빛 하늘이 순간
핑크빛으로 환해지네
기도는 숨겨진 무기이고,
기도는 신묘한 기적의 묘약이네

우리 주님의 하얀 미소가
벚꽃잎처럼 사랑으로 번져가는
오묘한 성령의 체험을 하네

그분의 품으로 18

오늘도 동생이 밀어주는
휠체어에 앉아 병원에 갔고

조심 한 보람이 있네요
뼈가 조금 붙어가고 있으니 더,
조심해야 수술을 안 할 수 있다고
원장 의사가 말하네

나는 기뻤다
하나님 예수님 성령님
그리고 정 원장님 모두에게
고마움의 마음을 기도로 감사했네

집에 오는 길목에 타이요
일식 레스토랑이 있어서
고생한 동생에게 좋아하는
스페셜 스시를 대접했네

생선이 뼈가 잘 붙는다는
김정례 시인의 말처럼
나도 스시를 시켰네,

〉

각기 다른 생선이 빙그레 웃으며
오색 꽃이 스시 위에 피어났네
성령은 초밥 위에도 계셨네,

당신의 사랑은 사물에도 살아있고
내가 챙겨서 누리면 되는 것임을
성령께서 사랑으로 알려주시네

항상 내 우둔함을 일깨워주시는
참 좋으신 사랑의 성령님께 감사를 드리네
오늘도 나는, 성령님과의 밀회로 가슴이 벅차네

그분의 품으로 19

오늘은 설 명절 주일이고
네 번째 교육이 없는 날 아침
내 석고 다리가 쉴 수 있어서
얼마나 감사한지

설 명절에 동생 집에서
올케가 초대했었네
내 깁스 다리를 쉬게 해 주려고
나는 가지 않았고
아무도 오가지 않는
설 명절인데 외롭지 않았네

나의 팔과 다리가 쉴 수 있고
내 안의 성령과 함께하는 시간이 좋으니까

안드레 마을 단톡방에서
Reading Jesus가 전달되어
나는 말씀 읽기와 묵상으로
공허가 없는 명절을 선물 받았네

카톡으로 들어오는 Reading Jesus는

성경통독처럼, 빨리 읽지 않아서 좋고
허리와 무릎이 아프도록 지루하지 않고
자유로운 시간에 읽을 수 있어서 좋고

80년 생애 가장 값지고 멋진 명절은
그분과 하나 되어 교제했기 때문이고
내 영혼은 영적 양식이 채워짐으로
고독과 외로움, 우울증이 도망가버렸고

내 영의 주인이신 당신과의 동행은
어떤 상황이 문제가 되지 않고
명절에 석고 다리로 홀로 있어도
행복한 축복을 누리게 된 나는

아버지의 은혜가, 이 세상에 홀로 있는
모든 사람과 함께 하시길 기도했고
누구도 고칠 수 없는 고독이란 병은
오직 삼위일체이신, 그분만이 고칠 수 있네

살맛이 없는 사람은, 영혼이 굶주려있기에
교회의 찬양과 강대상의 말씀을 먹어야 하고

매일 섭취하면, 우울증과 허무가 달아나네

당신의 말씀을 눈으로 먹고
당신의 말씀을 귀로도 먹고
지혜와 계시의 영을 허락해 달라고
교회 덕이 대는 은사도 달라고
주님의 이름으로 오늘도 기도 하네

당신과 단둘이서, 오붓하게 보낸 소중한 설 명절
외롭지 않은 특별한 의미가 나를 기쁘게 했고
아버지의 말씀과 사랑으로, 창조된 시간을
나는 당신 품속에서, 사랑의 밀어로 기쁨을 누리네

안 드 레 마 을

|

내 영혼이 말씀과 기도와
찬양으로 배가 부르니,
내 가슴의 총체적인, 허무와 고독 같은
공허가 싹 달아났네

안드레 마을 1

나의 영적 마을 이름은
25교구 안드레 마을이네

안드레 마을에 속했다는 이 기쁨
오이순 마을 목자가
사랑의 영적 양식을
매일매일 보내 주네

내 영혼 안식을 얻고
보호받으며 산다는 것
어마어마한 축복이 아닌가 말이다

석고 다리는 축복으로 가는 돌파구
외롭고 허전해서 떠돌던 내가
집에서 주님과 교제하며 지내니
매사에 은혜로운 선을 이뤄주시네

특별 새벽 기도회서 만난 아버지
이젠 어디에서든지 만나 주시네

내 안의 성령과 함께하는 시간은

사랑의 열매이고, 기쁨의 열매이고
어제의 호흡은 한숨이었고
오늘의 호흡은 춤추는 하늘 꽃이네

안드레 마을 2

살아오면서 수없이
벼랑 끝으로 떨어져 보았는가?

그때마다 하나님을 찾았고
세상 친구들 만나면 다시
그분을 떠났고, 수없는 반복으로
살아온 방황했던 나의 지난날들

아버지 집으로
그분의 품으로
특별 새벽 기도회에서 다시 만난
우리 아버지께 눈물로 매달리네

다시는 아버지 집에서
먼 나라로 떠나지 않고
아버지와 영원히 살게 꼭 잡아 달라고,
나의 기도를 들어주신 은혜의 성령님!

안드레 마을 형제들 기도해주니, 나의
믿음에 초록 날개가 돋아 하늘 춤을 추네

안드레 마을 3

사업하다가 일이 안 풀려
절벽까지 몰린 적이 있는가?

그때마다 통곡의 벽에 붙어
눈물의 간구로 은혜를 입고도
기회가 되면 다시 세상 물결에
흘러갔던 어리석은 나였네

거듭하는 동안 에너지 좋았던
푸른 계절은 깜짝할 새 흘러가고
어느새 노을의 강가에 서게 되었지만
남은 계절은 알곡으로 거두겠네

항상 기다려 주시는 우리 아버지
나의 모든 죄 용서해주시고
다시 돌아오게 받아 주신 아버지의 집
아버지는 사랑의 잔치로 맞아주시네

마지막 삶의 주소가 된 아버지의 집
새 신발 새 가락지 새 옷 입혀
사랑으로 품어 주신 우리 아버지

으뜸이신 아버지, 요즘 내 믿음에는
열 발가락 사랑이 아름답게 달리고

구름 목장이 찬양을 타작해
온 천지에 찬미가가 흰 눈으로 휘날리고
나는 두 손 높이 들고, 그분께 성가를 봉헌하고

새신랑이신 주님은, 멋진 은유 시를 지어 은밀히
내게 읊어 주셨네, 나도 은유 시로 답을 드렸네,

안드레 마을 4

때때로 인간관계에서 배신이나
돌개바람을 만나보았는가?

세대 차이와 문화 충격으로
견딜 수 없는 괴로움과 슬픔으로
정처 없이 헤매었던 적이 수도 없이 많았고
누구의 말도 위로가 안 될 때

그때마다 그분을 다시 찾았고
아버지는 신앙의 문턱을 들락날락하는
나를 수천 번 용서하며 받아 주셨네

영원히 변화를 모르는, 그분의 사랑으로
오늘도 나는 숨을 쉴 수 있고
오직 그분 사랑 안에서, 지금도 존재하는
내 생각과 호흡은 성령의 것이 되었네

이젠 나의 믿음이 바위가 되고
바위 믿음은 가난한 이웃을 지향해
손을 내밀고, 사랑의 이름으로
동사가 되는 기도를 하게 되네

〉

하늘에는 흰 구름 축제가 열리고
초록 잔디밭에는 선교의 찬양이 울려 퍼지고
성령의 춤으로 아버지께 감사드리고픈 마음

거룩하시고 품격 높은 우리 주님이
사랑의 마음으로 언제나 기다리고 계시네
주님은 하늘 찬양으로 위로해 주시고
나도 방언으로 고요한 찬양을 올려드리네.

안드레 마을 5

설 명절 오후에 있었던
이젠 추억이 된 드라마 같았던 일
경비 직원의 우렁찬 노크 소리에
간담이 서늘해서 두려움을 느꼈네

서둘러 목발 걸음으로
현관문을 열었는데
6층 화재경보기가 울렸어요
경비원은 부엌과 집안을 둘러보네

미국에 살 때 산타모니카 아파트 화재와
행콕파 아파트에서 세 번의 큰 화재 경험이
알레그로로 내 마음에 공포를 가져왔네

불이 나면 석고 다리로 어쩌지?
하나님 주님 성령님, 제발 화재만은 막아주세요
기도밖에 할 수 없는 내게
경비원은 목발로 불편한 나를 불러다가
옆집, 그 옆집의 화재 냄새를 좀 맡아달라며
나는 코가 막혀 냄새를 잘 못 맡아요, 라 하네

어느 집에서 무슨 연기로
감지기가 울었는지, 알 수 없으나
내 눈앞에는 활활 불길이 타오르는 듯
불안한 두려움이 사라지지 않았네,

아파트란 공동 주거 공간은
편리한 것만큼 폭발물을 안고
터지지 않기를 바라는 안식처인 것을

오늘의 화재를 막아주신 성령께
나는 감사의 기도를 드리고,
우리 아버지 앞에 무릎으로 엎드리네

기도 응답은, 아버지의 전능하신 능력으로
나의 두려운 호흡과 내 마음을
기쁨으로 바꾸는 위력을 가졌고,
나를 평화의 광장에서 주님과 춤추게 하시네

기도 없이 사는 것은 영이 배고파서
모든 근심 걱정이 타작 되는 상처이고
기도, 기도만이 최고의 처방 약이 되어

오늘 밤도 화평의 호흡으로 잠재워 주시네

숨겨진 무기는 기도이고, 사랑이네
나는, 그 사랑의 품에서 꽃향기로 취하네,

안드레 마을 6

동생의 휠체어 서비스로
병원에 가서 다시 엑스레이를 찍었네

조금은 좋아진 것 같으나
골절된 발을 디디면 안 된다는
경고를 단단히 받았네

외출 금지는 견딜 수 있네
주님과 연애하듯 말씀과 기도와
찬양으로 하루하루를 즐겁게
디자인해서 기쁘게 지낼 수 있으니,

새벽 화장실 길은 힘들고 괴로워도
침실에서 못 일어나는 환우들 생각하며
나는 기쁘다는 희락의 마음으로
고통 중에 있는 환우들 생각하여 기도하네

걱정 근심 원망 불평 미움 슬픔 고통
이런 단어들이 멀어지고
누구라도 사랑해 주고 싶은 자비의
꿀물이 샘물처럼 솟아나는 요즘,

＞

지금 인내할 깁스 계절이 지나가면
찬란한 꽃을 피울 봄, 봄이 내게도 오리라
그때는 만나는 한 사람 한 사람을
그분 사랑으로 사랑해 주리라

그분의 복된 향기를 이웃에 전하는
그런 우리 아버지의 기쁘미가 되고 싶네

안드레 마을 7

1월 29일
세 번째 교육을 받는 날이다

김형준 간사 팀장님이
목발로 나타난 나를 보고
칭찬과 놀라움과 감탄을 하네

골절이 낫고 난 후 천천히
교육받고 싶었지만, 내게는
미루어도 될 남은 계절이
그리 많지 않기 때문이네

이정순 간사님도
다정하고 따뜻한 말로 격려해서
나는 사랑의 힘으로 교회로 가네

동생 명기가 차를 세워두고
교육장에 와서 교육이 끝나도록
기다렸다가 차를 태워줘서,
아버지의 사랑으로 나는 오늘을 사네

하나님 울타리 안에는
은혜 넘치는 물결 사랑이
성령의 사랑만큼 햇살로 꽃피고
예수의 사랑만큼 넘쳐흐르고

물이 바다 덮음처럼 사랑하고
비가 하늘 덮음처럼 사랑하고
나도 이웃 덮음처럼 사랑하리

안드레 마을 8

믿음을 켜면 슬픔이 꺼지고

마을 목장에서 전달되는
Reading Jesus 로
하루하루를 열어 가네

기도가 쌓이면 무너지지 않고
말씀이 쌓이면 요동하지 않는다네

주님의 자녀는 좌절하면 안 되고
주님의 자녀는 자랑하면 안 되고
지난번 교육 시간에 배운 것을
나는 기억하고 실천하고 싶네

주님 저는 잘 무너지고
주님 저는 잘 흔들리고
주님 저는 매일 좌절하고
주님 저는 매일 자랑하고

좌절과 자랑이 습관 된 몸으로
속에 입은 팬티처럼 따라다니는데

주님 제 못 땐 습관 고쳐주소서
주님 제 잘못 땐 버릇 고쳐주소서

당신의 보호 없이는 하루도 살 수 없고
당신의 사랑으로 오늘도 저는 힘이 나네요

안드레 마을 9

내 남동생은 사랑이네
오늘도 사랑이의 도움으로
4번째 새 신자 교육장에 갔네

그곳에서 오이순 마을 목자와
박정애 전도사를 만났고
석고 다리로 현장에 앉아있는 나를 보고
감격과 감동을 아끼지 않네

박정애 전도사가, 사랑과 정성을 담아서
나의 영혼과 석고 다리를 위해, 빠른 힐링하라는
심령을 어루만져 주는, 온기의 기도를 해주었네

안드레 마을 사랑에 내 가슴엔
아름다운 백합화가 환하게 피어나고
마을 공동체가 의지이고 사랑이네

의미 있게 산다는 것은
열심히 일하고 공부하고
그분의 공동체 안과 밖에서
기쁨으로 사랑을 나누고

즐거움으로 봉사하고

주님을 롤 모델로
주님만큼 장성해 가는 것

나는 온전히 십자가에 못 박고
내 안의 성령으로 사는 것
이것이 나의 간증이고 소망이네

안드레 마을 10

석고 깁스한 지 여러 주가 지난 목요일
석고 깁스를 푸는 순간 기계가 부러져서
간호사와 나는 당황해서 어쩔 줄 몰랐고
진땀이 나서 고생을 하던 중
나는 성령께 도움을 청했네

성령의 도우심 덕분에
석고는 무사히 손으로 뜯어냈고
나는 나르고 싶도록 시원했네

20분 동안 레이저 치료받은 후
다시 반깁스를 착용했네
지금이 가장 조심해야 할 때라고
의사는 다시 주의시키네

동생이 휠체어 밀어주고
필요한 쇼핑도 해주고
올케는 맛있는 반찬과 밥을
수시로 해서 정성과 사랑을 보내왔고

나는 못 걸어서 답답한 몸과 마음을

이 세상에서 가장 행복한 사람이라고
스스로 위로하고, 긍정의 마음으로
반깁스의 한 달도 금방 지나갈 것이라 믿었네

나는 사랑받기 위해 태어난 사람
나는 사랑하기 위해 존재한 사람
그분 사랑으로 나를 마음껏 안아 주네
그분 은혜로 나를 마음껏 사랑해 주네

안드레 마을 11

영어로 주기도문 암송하는 향기
그녀는 7학년 5반이다
전화를 걸어 내게 암송해 주는
그녀가 고맙고 자랑스러웠네

미국에서 반평생 살다 온 나도
주님이 가르쳐주신 기도문을
영어로 암송 못 하는데
그녀가 대단해서 마구마구 칭찬해 주었네

남을 칭찬해서 상대가 좋아하면
나는 더 행복하고 도전이 되어 좋다네
질투와 시기가 많은 세상에 칭찬은
이해로 화목하게 지낼 수 있는 꽃길이 되네

반깁스로 집에 있는 동안
영어로 주기도문 암송 연습을
아침에 일어나면서 하고
저녁에 잠들기 전에 하고

나는 인지기능 저하증이 있음에도

반복의 힘으로 해낼 수 있었고
나도 이젠 향기처럼 영어로 주기도문을
암송할 수 있어서 향기가 고마웠네

주님이 가르쳐 주신 주기도문은
복음을 요약한 황금율이니까
아침저녁 비타민처럼 복용하니
나의 영과 육이 생기로 차오르네

The Apostles Creed
사도신경도 영어로 암송하고 싶다는
욕구가 일어나서 분에 넘치는
욕심이 아닌지 성령의 도움을 청하네

연습을 반복했더니, 사도신경도 영어로 암송이 되어
아침저녁 주기도문과 사도신경을 주님께 바치니
아버지의 미소가 내 가슴에서
벚꽃잎처럼 하늘하늘 피어오르네

주님이 기뻐하시면, 나도 기쁘네
내가 기쁘면, 우리 주님도 기뻐하시네

안드레 마을 12

성령의 도우심으로
영어로 주기도문을 암송하고
영어로 사도신경을 암송하고
영어로 십계명을 암송 중이네

절대로 안 될 것 같았던 암송이
성령의 도우심과 반복은
훌륭한 스승이 되어주시네

나는 암송할 때마다
하나님이 주신 구원의 약이고
예수님이 주신 복음의 약이고
성령님이 주신 생명의 약이라고

매일 감사한 마음으로 먹으니
아버지의 칭찬이 사랑을 키워주고
기도문으로 은혜의 문이 열리네

영어로 암송이 가능한,
주님의 기도와 사도신경은
내 치매의 약이 되기도 하고,
고난을 이기는 복음의 승리가 되네

안드레 마을 13

튀르키예 지진으로
후원 물품이나 후원금 광고가
안드레 마을 카톡방을 통해 알려지고
나는 물품과 후원금을 보냈네

지진은 악몽처럼 내 무의식에서
나를 공포의 순간으로 몰고 갔네
1994년 1월 17일 새벽 4시 31분
캘리포니아 노스리지의 지진으로 산타모니카의
우리 아파트는 큰 피해가 덮쳤네,

나는 침실에서 공중으로 떠올랐다가
한순간 번개가 치듯 바닥으로 떨어졌고
테넌트 들은 모두 밖으로 나가서
리사, 리사 고함치며 나를 불렀고
여진이 계속되고 위험하니 빨리
밖으로 나오라고 소리를 질렀네

그때의 지진과 화재를 생각하면 아직도
나는 지진과 화재에 대한 큰 공포가 있네

이 추위에 나라 잃고 집 잃은 상처가
몸과 마음이 얼마나 지치고 고통스러울지
안 보아도 절로 눈물이 나네

전능하신 하나님 아버지 이 땅에도
하늘에서와 같이 전쟁과 지진이 없는
평화의 나라를 세워주소서!

튀르키예 민족을 사랑으로 도와주시고
우크라이나 전쟁이 속히 종식되길
주님의 이름으로 간절히 기도드리네

안드레 마을 14

주일 날 수영로 교회에서
예배를 드리면 내 안의 성령님 덕분에
은혜로 천국을 경험하는 느낌이네

하나님의 말씀을 대언 해주시는
이규현 목사님의 강단 메시지를
라이브로 들으면 가슴 창고에
일주일의 영적 양식이 넘치게 저장되네

목발로 가기가 불편해서
온라인으로 드리는 예배는 교회처럼
성령의 임재와 축복의 체험이 너무나 다르네

오후에 교육 강의가 있어서
하루에 두 번 교회에 가기는
석고 다리의 컨디션이 무리가 있네

여러 주 동안 교회에서
예배를 못 드리는 가슴에
교회에 대한 그리움이 싹트고
성령의 임재가 내게는 그리움이 되었네

홀로 드리는 예배도 좋지만
그분은 거룩한 공동체 예배를 좋아하시네
그분은 거룩한 공동체 예배를 사랑하시네

안드레 마을 15

내 나이 80세가 되면서
나는 그분께 물었네

아버지 집으로 가는 날까지
뭘 하고 어떻게 살아야 할지
기도의 응답을 달라고
새벽 기도 때 매달렸네

아무리 눈물의 기도를 올려드려도
나는 응답을 받지 못했네

그때 나는 깨달았네
그분을 위해 아무 준비도 없이
철부지 아이처럼 응답만 달라고 떼썼네

주님을 위해 헌신하고 싶은 일
주님을 위해 인내하고 싶은 일
주님을 위해 기도하고 싶은 일
주님을 위해 찬양하고 싶은 일
주님을 위해 선교하고 싶은 일

주님을 위해 희생하고 싶은 일

주님을 위해 사랑하고 싶은 일
주님을 위해 봉헌하고 싶은 일
주님을 위해 절제하고 싶은 것
나는 아무 준비를 하지 못했네

준비 없는 빈 그릇에 무엇을 담으려고
응답을 기다렸던가? 준비부터 하자
준비되면 반드시 응답해 주실 것을 믿자

주님, 당신처럼 작은 자를 사랑하게 하시고
주님, 당신처럼 이웃을 내 몸처럼 사랑하게 하시고
저는 미련 없이 비우게 하시어
기쁜 얼굴로 당신 곁에 가게 도우소서

당신의 황금빛을 제게 비추소서
빛의 옷 입으시고 제게로 오시는
황홀한 걸음 소리를 제 영혼의 귀가
성령의 중보로 듣고 있나이다

존경하고 사랑하는 우리 아버지
제 영원한 소망은 당신의 알뜰한 지도입니다

안드레 마을 16

새 신자 교육반에서
그동안 배운 것과 개인 간증을
써내라는 과제가 있었고,
나의 간증이 채택되어 10조의
이정순 간사께 대독해 달라고 했네

그날 영덕 칠보산의 암 환자 센터의 입소로
자연치유 프로그램에 참여하기 위해
나는 마지막 날을 지키지 못했고
깁스한 상태로 만수의 도움으로 영덕에 갔네

나의 간증을 들은 최정민 성도가
칠보산으로 전화해서
너무 울어서 눈이 부었다고 했고
박숙희 권사도 은혜가 되었다고 했네

내용은 별것 아닌데
은혜롭게 잘 대독했구나 싶어서
이정순 간사에게 고마운 문자를 보냈고
아버지의 크신 은혜에 감사 기도를, 칠보산
금강송 피톤치드의 마음으로 올려 드렸네,

내 소망은 새 하늘과 새 땅에 있으니
주님이 내 손 꼭 잡고 가실 줄 믿네
그 사랑, 그 품으로 스며드는 것이 소망이네

안드레 마을 17

금요일 25교구 권찰회 모임에서
따뜻한 친절과 사랑 안에서
찬양 시간 때 눈물샘 안으로
진주가 맺히는 것 같았습니다

주님, 찬송가와 복음성가를
들으면, 저는 은혜의 강에서
수영하는 아이처럼 기쁘고 기쁩니다

정민진 목사님의 표준어 발음과
우렁찬 목소리는 귀가 먹먹한 저도
그분의 말씀이 가슴에 씨앗이 되었고요

모세의 후계자는, 눈의 아들 여호수아로
그분의 지명에 따라 여호수아에게 이양했고,
자연스럽게 세대교체를 이룬 자랑스러운 모세,
제 신앙도 모세처럼, 욕심 없이 아버지의 뜻에
순종하는 소명으로, 죽음을 맞이하게 도움을 청했습니다

모세의 믿음을 꼭 닮고 싶은 오늘의 말씀
아버지 앞에 은혜와 감사의 기도로 엎드려

당신과의 달콤한 밀어로 밤을 새우고 싶은
당신의 신부를 기억하시고, 어서 오소서 우리 주님

밀회, 그 사랑의 품으로

Lisa Lee

part
4

메멘토 모리

|

하나님은 은혜의 추상화와
천국의 별 꽃밭을
우주에 가득 그려놓고,
기쁘게 감상하라 하시네

메멘토 모리 1

나이는 숫자에 불과하다는 말이
실감이 나는, 세계적인 동안 멋쟁이
93세에 수많은 일을 하는 가천대학교
이길여 총장님이 정말 존경스럽네

나는 이길여 총장님보다, 한참
어린데도 관리를 잘못해서인지
병명의 가지 수가 늘어나고 있네

고혈압과 당뇨, 고지혈과 어지럼증
관절이 안 좋고, 연골이 닳고
갑상샘암이 생겨 목이 불편하고
눈과 귀가 마모되어 힘들어지고

이젠 골절로 석고 깁스까지 하고
목이 부어서 말을 할 수가 없고
수개월째 봉쇄 수녀원 같은 삶을 살고 있네,

죽음의 동반자가 걸음을 뺏고
내 발바닥 아래위로 늘 곁에 있고
내 상처의 그림자로 따라다니는데

어찌 죽음을 모르는 일이라 하리

메멘토 모리! 메멘토 모리! 그러므로
나는 기쁨으로 죽음을 기억하리
나는 즐거움으로 죽음을 생각하리
나의 멋진 테리우스, 그분께로 가리
나의 멋진 사랑, 그분의 품으로 돌아가리

이제부터 죽음이 손짓해도, 죽음에
입 맞추며 살게 도와주소서
죽음이 있기에 부활이 있으니
우리 아버지의 집이, 새 하늘에 있고
나는 환한 미소로, 그분 품에 안기리

세상을 다 가진 성공한 사람도
절대적 동안 미인도 나는 부럽지 않네
우리 주님의 신비로운 사랑에 들면
새 하늘 새 땅이 나의 소망이 되는 걸

메멘토 모리 2

예수그리스도 안에서
죽음은 끝이 아니고
죽음은 축복의 절정이고
부활로 영생을 여는 길이 아닌가?
내게 묻고 깊이 생각해 보네

삶을 끝내야만 갈 수 있는 그곳
새로운 여행길이 열리고
신비의 나라로 갈 수 있는 통로는
죽음의 강을 건너 성령이 데려가 줄 것이네

윤복희 권사의 간증에서
하나님께 기도하는 제목이
어서 하늘나라로 가고 싶으니
빨리 데려가 주소서라네,
아직도 젊고 건강한 권사님의
소망은 특별한 간구인 것 같았네

새 하늘 새 땅 빛의 나라 천국을
그리워하는 윤복희 권사님의
믿음이 얼마나 신실한지 이해가 되네

〉

전도서에서 내가 만난 성령님은
죽는 것이 축복이라고 했지
예수그리스도 안에서 죽으면
성령의 도움으로 죽음의 통로를 거쳐
천국 소망을 부활로 꿈꾸는 나를
그분 곁으로 인도하실 것을 믿네

그립고 그리운 우리 주님 곁에서
사랑하는 Paul Eubin Lee 아들 곁에서
그분과 더불어 영원히 살고 싶어라!
어서 빨리 저를 불러가소서 주님!

메멘토 모리 3

매일 감던 머리 자주 못 감아
가렵고 불쾌하고 미칠 것 같아
기도하고 삭발을 결심한 나는

수영로교회를 섬기는
모이든 미장원 원장을
방문 요청했더니, 어느 날
젊고 예쁜 모녀가 우리 집에 왔었네

작은 아파트 문밖 코너에 걸린
그림들과 집 안에 있는 그림을 보고
모녀는 칭찬을 아끼지 않았네
그림과 책 음악과 자유, 아~ 이것이
많은 여성의 로망이에요

나의 참 로망은 우리 주님이신데
나의 참 로망은 해 위의 나라인데

80년 생애 처음 미는 머리
원장은 이발기를 들고
다시 생각해 보세요

이미 기도로 충분히 한 결심임을
나는 미소로 답을 전했네

이발기가 목 뒤에 차갑게 닿는 순간
착잡한 순간이 나를 흔들었고
꼭 이렇게 해야만 했니?
눈물이 울컥 가슴을 지나갔지만

나는 꽃잎 닮은 엷은 미소로
모녀 앞에 생긋이 선물로 웃었네,

출가를 결심하고 삭발하는
그 심정은 어떨지?
항암으로 민머리가 된
환우들의 심정은 어떨지?

나는 믿음의 분량대로 생각해 보았네
내 머리카락이 자라듯, 내 신앙을 키워야지
성령님 제 손을 꼭 잡고 걸어주소서
보랏빛 공기가, 내 가슴을 살포시 안아 주네

메멘토 모리 4

머리를 밀며 미용사는
두상이 짱이네요, 멋져요,
패션디자이너, 밀라 논나 씨를 닮았네요,
심란한 내 마음을 알고
모녀는 계속 위로해 주었네

나는 암 조직검사를 받은 후
자연치유로, 수년을 산속에서 살았고
그때 항암으로 머리가 다 빠진
환우들을 여러 번 만났네

맹숭맹숭 민머리가 내겐
뉴패션이란 생각도 들었고
마음의 준비가 된 상태였으나
그럼에도 생각은 회색빛으로 슬펐네

그랬었는데, 그랬는데
거울 속에 웬, 이게 누군가
낯모르는 비구니가 나타나 있네,

괜찮으세요?

미용사의 물음에
네, 아주 시원해서 좋네요
나는 일어나 춤추고 싶도록
날아갈 것만 같다고 했네

존 파이퍼 목사님은 책 제목을
『암을 낭비하지 마세요』라고 했듯
받은 한 달란트를 땅에 묻지 않고
주님 주신 달란트의 경험을 나누고 싶었네

죽음을 생각하고, 그 전에 온갖
고난을 경험하고, 남을 위해 간증하는 것
얼마나 큰 축복인가, 마음을 달랬고
바울 사도처럼 환난 중에도 즐거워하네

나는 눈물을 웃음으로 바꾸었고
너도 슬픔을 기쁨으로 바꾸었고
리사, 너의 꿈은 그분이 기뻐하실
주님의 장성한 분량으로 자라가는
그분 닮은 신앙인이 되어야지 다짐했네

마음은 순한 양처럼 생각을 따라
리듬을 타는 어둠과 밝음이 되고
오렌지빛 찬송을 부르며 살고 싶다고
일어나 양팔 들고 너랑 춤추고 싶네

거울 속의 너는
보랏빛 친구였다가
회색빛 친구였다가
오렌지빛 친구가 되어가네

메멘토 모리 5

거울 속의 비구니 친구는
내게 얼른 마음을 열지 않네

매일 만나는데 항상 낯설게
어색해하고, 고개를 돌리기도
하지만, 나는 그녀를 다독여 주네
가엾게 생각되어 늘 너를 칭찬해 주네

어느 날부터 거울 속의 비구니가
나를 보고 생긋이 미소 짓고
양팔로 나를 감싸 안고
사랑해, 사랑해 기쁘미, 하고 속삭이네,

이 세상 떠날 때
예쁜 미소로 매 순간 웃어주는
너와 함께 천국으로 갈게
삭발을 통해서 더 가까워진 미소의,
너를 매일 거울 안에서 만나고
나는 매일 너랑 영혼의 대화를 하네

내 영혼의 대화는 거울 속의 네 미소이고

내 영혼의 대화는 늘 미소 짓는 너 자신이고
내 영혼의 대화는 은밀한 사랑, 내 주님이시네

그분 생각 안 하고는,
단 하루도 살 수가 없네
파란빛 하늘 미소가 오늘도
너는 내 것이라, 나를 위로해주시네

메멘토 모리 6

삭발 3주가 지나자 은하수 빛
머리카락이 제법 자랐고
나는 이발기를 주문해서
셀프깡으로 다시 밀고 싶었네

짧은 머리로 인해 시간이 절약되고
짧은 머리로 인해 샴푸가 필요 없고
짧은 머리로 인해 미장원 지출이 없어졌고
짧은 머리로 인해 지구가 건강하고

이 세상의 모든 민머리 한 분들
샴푸를 사용하지 않아도 좋을
지구환경에 도움이 되는 삶을 사니
절로, 절로 큰 칭찬을 해 드리고 싶네

몸 안에 사는 나의 영혼
내가 죽으면 자유를 누리리
4차원 천국 여행을 하게 되리라

그곳에서 우리 신랑과 시를 쓰고
찬양하며 왈츠를 추고 싶네

메멘토 모리 7

출생에 붙어 와서
평생을 따라다니는 죽음의 그림자

내 안에서
내 밖에서

울타리처럼 둘러 쳐져 있지만
있어도 모르는 척
알아도 내 것이 아닌 척

타인의 것인 양 방관하고
멋대로 살아온 계절들
더는 내칠 수 없어 내 발등 위에
어둠의 그림자로 자리해 있네

아주 가까이, 고운 노을로 와서
너의 동반자로 예쁘게 살아있는
네가 죽음과 친해지기로 했네

죽음에 관한 생각을 사랑으로
보드랍게 안아 주기로 하니

하늘이 구름 꽃 피워 하얗게 웃어주네

열두 가지 보석이 하늘에서 빛나고
우리 아버지의 집은 찬란한 보석으로
신비의 빛이 황홀해서 눈이 부시네

이 땅에서도 저 천국의 계절을
누릴 수 있는 영광과 기쁨을
아버지와 함께 그 꽃길을 걷고 싶네
아버지와 함께 그 보석 길을 걷고 싶네

메멘토 모리 8

죽음아 사랑해
죽음아 감사해

죽음아, 그대로 인해
그동안의 내 삶을 그대 덕분에
아낌없이 살 수 있었네

부활도 그대 없이는 안되고
영생도 그대 없이는 안되고

그분과 더 가까워지는 길도
그대를 피할 수 없으니
죽음이여, 고맙구나!

하지만, 죽음이 끝이 아님을
네 존재가 잘 아는 듯
모든 사물이 고마운 듯
온갖 색깔의 표정으로 노래하네

어둠의 그림자도 빛으로 일어나
밝음과 손잡고 화음으로 평화를

연주해가는 성령의 대잔치인 것을

나는 그분께 달려가 뺨에 입 맞추고
아름드리 꽃다발 아버지께 안겨 드리네
아버지여 기품있게, 춤추며 기뻐하소서

눈부신 황금빛을 스스로 만드시는 당신,
생각만 해도, 내 마음은 당신께 물들어 가네

죽음아 사랑해!
죽음아 감사해!

메멘토 모리 9

석고 다리가 수개월이 지나자
종아리에 쥐가 생성했고
효자손을 넣어 고통을 긁어보았지만

꼼짝할 수 없는 심한 통증이
성령께 도움을 청하는 기도가
너무나 절실해서 눈물이 났네

여름이 아닌 겨울철이라 다행이라고
스스로 자신을 위로해주기도 했네

한 번 두 번 오기 시작한 마비는
자주 나를 괴롭혔고, 기도로 견디네

다음 날 동생을 불러
그가 밀어주는 휠체어에 앉아
정형외과를 찾아 깁스를 풀었네

내 발과 다리가 남의 것 같았고
신경과 근육이 죽은 것 같았고

무감각인 다리에 다시
반깁스를 신기면서 간호사가
지금, 가장 조심해야지 잘못하면
붙은 골절이 다시 벌어질 수 있어요
검은 밤바다 같은 말이었네

집으로 돌아오는 큰 길가
신호등 대기시간에 뺨으로 느껴지는
겨울바람이 얼마나 매섭던지
하늘을 올려다보았네

주님의 부활하신 환희의 모습이
미소의 빛으로 내 가슴에 스며들었고
순간, 하늘이 황홀한 무지개를 그렸고
나는 하늘을 올려다보며 파란 미소를 지었네,

어떤 고통과 환란 속에서도
거룩한 주님의 가시관 생각하면
나의 괴로움은 씻은 듯 사라졌고
나도 주님과 함께 십자가에 못 박혔고
나도 언젠가 그분처럼 부활의 몸으로 살겠네

〉

파란색 하늘 얼굴 올려다보면 아버지의
잠잠한 미소가 항상 나를 위로해주네
하늘의 천사들도 평화의 음악을 켜주네

그레고리오 성가가 아름다운 환상곡으로
들려오다가, 복음성가로 이어지는 오묘한 신비네

메멘토 모리 10

석고 깁스와 달리
반깁스는 내가 풀 수 있고
소금물로 발을 씻고 스스로
침을 놓아 검은 피를 빼고
허브 기름을 바르고
발과 종아리 마사지를 할 수 있네

발아 지금까지 학대해서 미안해
발아 지금까지 걸어줘서 고마워
발아 지금까지 나와 함께 해서 감사해

다정하고 애정이 담긴 마음으로
나의 발에 도수치료를 해주고
이만하기에 정말 다행이라고
사랑의 말로 고마움을 표현하네

나를 위해 기도해주는 가족과
안드레 마을 교우들에게도 감사해서
나의 사랑을 기도 꽃 홀씨로 전하네

오늘도 아버지의 깊은 사랑으로

감동의 눈물이 성령의 꽃잎으로
한 장 한 장 보랏빛으로 곱게 피어나네

메멘토 모리 11

나의 삶이 얼마나 사랑스러운가,
나의 죽음이 참 고맙지 않은가,
나의 구원자 그분이 계시기에 이
모든 것이 합력하여 선을 이루시기에

사도 바울처럼 나는 매일 죽고, 나는
매일 내 안의 그분 뜻대로 살고 싶네
매일 내 안의 그분 뜻대로 행하고 싶네

땅끝까지 그분을 전도하고
바다 끝까지 그분을 증거하고
하늘에서와 같이 이 땅에도
그분의 나라와 권능과 승리가
영원히 이뤄지길 기도하네

저기 영원히 찬란한 영광의 황금빛이
온 우주에 성령의 미소로 가득하네

거룩하신, 아버지의 미소를 보는 내 눈이
주님의 눈과 마주치니
나는 주의 눈에 핀 눈부신 꽃이 되네

메멘토 모리 12

삭발한 머리가 조금씩 자라고
발등의 골절도 붙기 시작하고
시간 속 계절은 알레그로로 흐르고
나의 죽음은 좀 더 가까이 와있네

나는 무엇을 준비해야 하나?

『소유냐 존재냐』에리히 프롬의 책 제목처럼
지금까지 소유하고 싶었던 것 내려놓고
존재의 의식으로 풍성히 살아야지
남을 위해 희생하겠다는 말은 쉽지만
실행하기는 어려운 일이 아닌가, 하지만
십자가를 바라보면, 못 할 일이 무엇이랴

죽으면 놓고 갈 것들 움켜쥐지 말고
모두 필요로 하는 곳으로 흘려보내자
주는 기쁨은 적어도 메아리가 되고
받는 즐거움은 커도 메아리가 없지
이타적인 마음으로 남을 돕는 것은 바로
나를 위한 행복이 되어주는 것을

Paul이 생전에 말했던 것처럼
맘, 나를 위해 갖고 싶은 것 가지니 금방 싫증이 나고
홈리스 들을 위해 봉사하니 JESUS의 말처럼
GOD을 위해 일 한 것 같고, 나는 해마다 봉사할래
아들 폴 유빈이처럼 생명까지도 남을 위해 봉헌하자
Paul은 중학교 1학년부터 고등학교 졸업 때까지
소명을 다하고, 사랑하는 아버지 곁으로 갔네,

지극히 작은 자에게 하는 것이
곧 아버지에게 드리는 사랑이란 것을
메멘토 모리가 깨닫게 해주는 이 순간
죽음을 통해서만이 그분 곁으로 갈 수 있네

죽음, 그대는 두려운 대상이 아니고
죽음, 그대는 사랑해야 할 존재인 것을

오~ 달뜨는 그림자 보이는가?
오~ 별 뜨는 소리 들리는가?
내~ 죽음아, 그대는 조용히 아름답구나!
내~ 죽음아, 그대는 잠잠히 순결하구나!

메멘토 모리 13

나그네는 길 위에 집을 짓지 않는다, 란
말이 있듯 나는 잠시 머문 내
집에 온갖 욕심으로, 공간 집을 채웠네

푸른 호흡에 목마른 가슴은
홀로 빈 들판에 서 있는 고목이지만
기댈 곳은 그분의 언덕이 있지 않은가!

찬란한 노을로 덮인 저녁 바다는
겨울의 계절 끝에 서 있는 나를
아버지의 품이 되어 포근히 안아 주네

죽음아, 그대는 내 안에
죽음아, 그대는 내 밖에
나를 에워싸고 있는데
죽음아, 그대는 나와 살아있지만
나는 그대와 죽을 것을 아는데,

왜, 내려놓지 못하고
왜, 버리지 못하는가?
욕심은 채워지지 않는 바벨탑인데

〉

알면서 바로 잡지 못하는
나는 과연 누구에게 속해 있나?
왜, 욕심이 너를 소유하게 하는가?
왜, 욕심이 너를 행동하게 사는가?

죽음아, 그대가 다정히 저렇게 손 흔드는데
곧 떠날 길 위에 왜 자꾸만 집을 짓는가?
나는 떠나는 그 순간까지, 기품있는 그분을
묵상하고, 거룩한 성령의 도움으로 기도하네,

구름이 내 욕심을 씻듯 단비가 내리고
내 안의 푸른 숲과 기도의 나무가 자라게
성령의 초록 비가 온종일 주룩주룩 내리네

메멘토 모리 14

새로이 올라오는 은빛 머리
예쁘게 단장하고 기품있는, 아버지 앞에
해바라기 미소 환하게 켜서

나는 아버지의 집으로 가고 싶네
맨발로 뛰어나와 마중하시는
나의 테리우스 님이시여
나의 멋진 예수님이시여
나는 거룩한 그 사랑의 품으로 돌아가리라

마음으로 그려보는 본향
화려하고 찬란한 보석의 집

아버지와 아들과 성령께서
그 나라와 권세와 능력과 영광으로 계신
평화가 영원할, 새 하늘과 새 땅의 그 나라

나는 그분의 집이 그립고
나는 그분의 집을 사랑하고
새로이 자라난 머리 곱게 단장하고
품격 높은 나의 아버지, 그분의 집으로 가겠네

메멘토 모리 15

이향영Lisa Lee은 사전연명의료의향서에 등록됐고
이향영Lisa Lee은 장기를 기증이나 해부하는 것을
필요로 하는 곳에 사용하도록 사인했고
이향영Lisa Lee은 시신 기증도 등록을 마쳤네,

당신의 결정을 존중합니다, 브로셔와 함께
서울에서 사전연명의료의향서 등록증 카드가 왔고
부산에 있는 인제대학교, 가야 백병원에서
시신 기증 등록증 카드가 배달되었네

젊었을 때는 신용카드 회사에서
온갖 크레디트카드들이 유혹하더니, 이젠 생을
마무리하는 등록증 카드가 사용될 계절이네
마무리란 계절 끝에 서면, 새로운 꿈이 탄생 되고

죽음에 관해서 중요한 것들을 하나하나 배우고
정리해 나가는 것이 자신에 대한 의무라고,
생각하니 마음이 홀가분해지기도 하고,
이 땅에서 사랑하는 사람들과 마음의
추억을 사랑으로 보관해서 가져가고도 싶네

내가 살아서 주는 것은 선물이 되겠지만
내가 죽어서 주는 것은, 현금 외 책이나 그림은
바람직한 것이 못되어서 가능하면 나는
살아있을 때, 기증이나 선물로 나눠주기로 했네

주님, 당신의 지혜와 계시의 영을 제게 허락하시어
크리스천으로서 타인에게 민폐가 되지 않고
깔끔하게 정리하고, 떠날 수 있도록 도와주소서

태양 위의 나라는 무슨 빛일까? 형체가 있을까?
호기심의 끝은 어디일까? 환한 빛의 나라겠지?

메멘토 모리 16

은빛 머리가 살갑게 올라오고
머리카락이 자라는 것만큼
나의 죽음도 가까이 오고 있네

웰다잉은 어떻게 준비하는 걸까?
죽음을 연구하는 크리스천 전문가를
찾아서 깔끔한 준비를 배우고 싶네

그분을 지향하는 나의 묵상이
얼마나 달콤하고 거룩한지
그날에 나는 부활의 몸으로
거룩하신, 우리 아버지 품에 안기고 싶네

그날엔, 엷은 미소의 얼굴로 고요한 기품으로
내가 생존해 있을 때, 아는 모든 분에게
밝은 모습으로 안녕이란 감사 인사를 하고
사랑한다고 전하고, 평소처럼 달콤한 잠 속에 들겠네

죽음은 끝이 아니니까,
우리 아버지가 계신 하늘나라에서
우리 다시 만날 것을, 예수님의

무지개 약속을 믿고 떠나고 싶네,

내가 사랑하는, 그립고 보고픈 이들이여
우리 천국에서 내일 만날 것을 약속하세

See you tomorrow in the Heaven
See you tomorrow in the Heaven

밀회,
그 사랑의
품으로

Lisa Lee

part
5

십 자 가 그 늘 아 래 로

|

나의 고난은 강대상의 말씀으로
치유 받았고, 그 말씀을 기억하고파
아이처럼 받아적었더니,
한 권의 신앙시집이 되었네

십자가 그늘 1

하나님, 제 뿌리 깊은 죄를 가지고
십자가 그늘 아래로 나왔으니
교란으로, 제 영과 육이 지은 죄를
깨끗이 용서받기를 소망합니다

죄는, 아버지를 무시하고 방관하는
습관적인 행위란 것을
오늘 새벽 강단의 말씀을 통해
뼈저리게 통감했습니다

나는, 죄가 없다 라든가
나는, 죄를 짓지 않는다는 것은
죄에 대한 감각이 무디다는 뜻이고
교만에서 오는 오만이라 했습니다

죄는 게으름이고, 죄는 작은 것이 없고
무시해야 할 죄는 없다는 것을
이 새벽 당신이 가르쳐 주셨습니다

용서받지 못할 죄는, 제가 지었는데
하나님은 독생자를 십자가에서 죽게 하시고

그 보혈로, 제 죄를 씻어주셨습니다

오직 십자가만이 죄를 해결할 수 있기에
십자가 그늘에서 죄를 회개하고
아버지의 은혜로, 새 생명을 받았으니
풀잎의 이슬까지 영롱한 아침입니다

아버지 사랑이, 제 몸의 세포들을 춤추게 하고
아버지 앞에, 저는 제 작품의 꽃 춤으로
아버지를 기쁘게 해드리는 기쁘미가 되고 싶습니다

십자가 그늘 2

모르고 저지르는 죄
알고도 저지르는 죄
죄 문제는, 그분과의 연관이고
십자가 그늘에서 해결해야 하고

구원과 부활로 나아가는 길은
길이요 진리요 생명이신
오직 그리스도의 보혈뿐이니, 회개하고
말씀 믿고, 그분의 뜻대로 사는 길이네

육의 목마름은 뒷골목의 마약으로
지성이나 명품으로 채워지지 않고
영혼의 목마름부터 자각해야 하고
예배와 기도와 말씀으로 채워지면
모든 것이 합력하여 선을 이루듯

환경과 상황이 문제 되지 않고
온유의 마음과 몸이 갈등 없는
자유와 화평의 길은, 오직 그분의 길인 것을

하나님이 만드셨으니, 오직 그분만이

모든 것 완벽히 채워주실 능력자이시네

내가 아버지를 소리 높이어 부르면
지존하신 그분은 맨발로 달려와
구름 그늘, 사랑의 들판에서 나를 안고
나는 주님 품에서, 기뻐하며 찬양하네

십자가 그늘 3

인간은 죄를 먹고 마시고
죄 속에 누워서 뒹굴고
죄를 유희로 향락을 즐기지만
공허와 고통과 외로움이 따라다니고

에덴동산의 원죄를 풀면
모든 문제는 해결이 되네

십자가 그늘 아래로 나와
나 대신 돌아가신, 예수 그리스도 앞에
내 죄를 회개하고, 새 사람으로
거듭나야 자유를 얻을 수 있으리

죄의 뿌리에는 무거운 바위가 달려서
사랑과 평화와 공존할 수 없고
성공과 권력을 가져도 허전하고
양심과 육체를 아프게 하지만

원죄부터 회개로 해결하고 나면
살아가면서 아픈 곳이 생겨도
누구에게 가서 기도를 받지 않고

자기 손을 아픈 부위에 놓고
스스로 안수기도하여도 좋다고 하시네

아버지는, 당신을 의뢰하는 자를
반드시 보호해 주겠다고 약속하셨네

그분은 나의 모든 것, 나의 호산나
내 영혼의 모세혈관이 일어나 춤추고
내 영혼의 세포들 신랑을 위해 찬양하네

십자가 그늘 4

LA 영락교회, 빅베어 캠프에서
뜨레스 디아스 프로그램으로
첫사랑 주님을 만나 통곡하며
울부짖었던, 그때가 생각이 나네

나는 십자가 그늘에서
신앙을 제대로 지키지 못했던
내 죄를 자백하며 울었네

용서보다 값진 것은 없으리
죄를 용서받고, 해방된 사람은
다른 사람을 용서할 줄 아는
실천적인 삶을 살아야 하는데
나는 아버지 앞에 죄인이었네

사순절 특새 때 3시 55분 은혜 홀에 도착
강대상 앞에 무릎 꿇고 기도할 때
연락을 끊고, 말을 하지 않고 지내던
친구들과 친지들이 기도 속에 떠올랐네

나는 먼저 손 내밀고, 사랑을 전하고

그들이 감사로 용서를 청해와서
내가 이해하고 져주어야만, 진리가 자유를
누리게 되는, 생명의 길임을 알게 되었네

강대상에서 흐르는 생명수로, 내 눈과
귀를 씻고, 마심으로 나는 치유를 받았고
단절이던 관계가 막혔던 강물처럼
달콤한 노래 되어, 다시 흐르게 되었네

그분께 감사와 존귀와 영광을 올려드린
새벽이 눈부시도록, 아름다운 은혜인 것을
내 심장의 혈관도 즐거워 찬양하는 아침이네

고개 들어 위를 올려다보니, 그분이
새벽하늘에 커다란 미소를 그려놓고
여러 가지 색깔로 칠을 하며, 기뻐하라 하시네

십자가 그늘 5

내 생애 가장 큰 십자가는
아들 폴리(Paul Lee)의 죽음이네

Paul 이 18세 되던 그해
미국에서 고등학교를 졸업한 그는
대학 진학을 앞두고, 미국 전 지역에서
모인 교민 학생들 32명과 함께 모국을 배우기 위해
서울대학교 여름학기에 참가했다가
마지막 한 주를 남겨놓고
기숙사 주방에서 친구들을 위해 홀로
음식을 준비하다가 감전사하게 되었네,

현재 클래어몬트 신학대학원 교수로 있는
이경식 목사님은 당시 우리가 다녔던
교회에서 영어목회를 하셨던 분이네

학생목회를 할 때 목사에게 도움을 청하러 오는
학생들은 흔히 있었지만, Paul처럼
나를 도와주려고 사무실을 찾아와
일을 시켜달라고, 한 학생은 폴이 처음이었다고
목사님은 Paul이 떠난 후 폴의 추모장학재단

발족식 강연 때, 그 말씀을 해주셨네

나는 그날 처음 알았고, 폴의 헌신적인 삶은
학교와 교회와 지역사회, 곳곳을 찾아다니며
봉사를 보람으로 했던 폴을, 그분은 왜 왜 왜
불러가셨는지, 그때부터 나는 하나님이 싫었네
다윗처럼 하나님께, 서울대학교를 용서 말라고
온갖 토설로 서울대학교 관계자들을 미워했었네,

천국의 아들을 만나려면, 나는 그를 생각해서
다시 성실한 신앙생활을 해야만 했고,
그 어떤 죽음도 시간이 지나면 희미해지지만
참척의 십자가만큼은 세월과는 상관없이
마음속 깊이 상처의 십자가로 남아 있네

지난해 팔순 생일을, 해운대 조선비치호텔로
예약했으니 초대할 숫자를 알려달라는 동생에게
가슴에 자식을 묻은 어미는 생일상을 못 받아,
고맙지만 마음으로만 받을 거야 했는데,

그때, 이태원 할로윈데이 압사로 수많은

젊은 청년들이 세상을 떠났고
부모들의 통곡이 서울 하늘에 흐느끼는 이유로
나는 생일모임을 완강히 거절했고, 살아있는 동안
이 땅에서의 나의 생일은 없다고 경고했네

대신 가족들 몰래, 나는 부산 아너소사이어티,
아는 분의 도움을 받아, 모 보육원을 소개받아
어린이들과 즐거운 저녁을 함께 할 수 있었고
80년 동안의 생일 중 가장 행복했었네,
많은 손자와 손녀 같은 아이들이 병아리 박수로
Happy Birthday 후원자님을 불러줬고
케이크의 촛불도 아이들이 꺼줘서
웃음바다는 우리 모두를 즐겁게 했네,

우리 폴도 엄마가 아이들과 행복해하는
엄마의 80세 생일 파티를 영의 눈으로 보고
얼마나 좋아했을까, 참 행복한 팔순 잔치였네,

나의 십자가는 죽는 순간까지
십자가를 지시고 골고다 언덕을 오르셨던
예수 그리스도처럼, 나의 참척은 내 삶이 끝날

그날까지 내가 지고 가야만 할 십자가네

살면서 여태껏 이런 고난은 처음이라,
회복은 예수의 십자가를 통해서만, 내 삶이
Paul처럼 온유와 겸손과 감사한 마음으로
이타적인 삶으로 꽃을 피우리라 생각하네

Paul과 같은 마음을 갖게 해 주신 성령님께
얼마나 감사한지, 이제는 이해할 수 있지만, 그래도
잠재의식의 눈물은, 무시로 진주가 되기도 하네

사랑하는 아들 Paul이 보고 싶네
해마다 8월은 잊을 수 없는 계절로
유빈은, 8월에 태어났고,
유빈은, 8월에 이 땅을 자유롭게 떠났고,
8월은, 아들 Paul Eubin이 몹시도 그리운 계절이네

십자가 그늘 6

십자가는 고난이고 총체적 고통이다
괴로울 때 십자가 그늘에 앉아
주님을 깊이 묵상해 보자

십자가의 고통보다 더 큰 고통은
이 지구상에 존재하지 않을 것이다
그분이 독생자를 십자가에 내주신 것
나의 가슴에 자식의 무덤이 존재해서
아버지의 고통을 티끌만큼 이해할 것 같네

하나님 입장의 슬픈 고난과
예수님 입장의 무서운 고통을
그 누구도 경험할 수 없는 십자가의
보혈은, 세상의 죄를 품는 것이고
죄 많은 사람들 양팔을 벌려
사랑으로 안아 주신 그리스도의 사랑이고

브라질 리우데자네이루의 상징인
'구원의 그리스도' 예수 동상 앞에서 동생과
그분을 묵상했던 추억이 샘물처럼 솟네

올해 완공될 브라질 남부 엔칸타도에
건설 중인 '수호자 그리스도' 예수 동상은
세계에서 가장 높은 동상 중 하나라네

어떤 십자가이든 사람들이 예수를 묵상하고
그분의 품 안에서 참사랑을 경험하고
주님의 진리와 은혜로 세상의 고독과
허무가 모두 치유되기를 바라는 마음이네

십자가 보혈의 능력은 오직 그분만
베풀 수 있는 신비이고, 나는 그분을 위해
성령으로, 그분 앞에서 신나게 춤추고 싶네
방언으로, 그분 앞에서 기쁘게 찬양하고 싶네

아 궁금하네, 우리 주님은 뭐라고 생각하실까?
아 궁금하네, 우리 주님은 어떻게 받아 주실까?

십자가 그늘 7

리우데자네이루의 예수 동산에
다시 올라 예수 그리스도의 그늘에서
묵상과 눈물로 마주했던 그곳에서
미소로 예수의 십자가와 마주하고 싶네

프랑스의 작은 마을 생장피에드포르에서
스페인 데 콤보스텔라로 걸어 보고 싶네

야고보가 전도 여행으로 걸었던 그 길
파울로 코엘료가 엘카미노를 걷고
저 유명한 『순례자』를 썼던 순례의 길을
그분과 함께 걸으며 내 신앙을 성장시키고 싶네

손미나 작가가 감독한 《엘카미노》 영화에서
80세 노인이 자기 생일을 자축하는 의미에서
산티아고 길을 걷는 것처럼, 나도 걷고 싶네

절망으로 엠마오로 가던 두 제자처럼
주님을, 그 길에서 만나 새로운 소망을 얻었듯
산티아고, 그 길을 우리 주님과 같이 걷고 싶네

그분이 지신 십자가의 고통을 생각하니
못 할 일이 없을 것만 같네
마음으로 늘 영적인 근육 키우고
엘카미노 길을 걸으며 주님을 생각하네

바람에 흔들리는 푸른 초원의 주황색 들꽃들
구름과 하늘과 자연이 어우러져
하나님의 잔치처럼 풍성한 웃음소리

맑고 밝았다가 갑자기 폭풍우가 베토벤의
운명처럼 장엄한 음악을 켜는, 그 길
그분과 함께하는 신앙생활은 언제나 날씨처럼
고난과 은혜가 오버랩되는, 절망이고 기쁨이네

'꽃은 웃어도 소리가 없고, 새는 울어도 눈물이 없네'
산티아고 들판의 주황색 꽃들도 소리 없이 웃고
산티아고 들판의 새들은 울어도 눈물이 없겠지

나도 묵상의 노래와 아카펠라의 춤으로
우리 주님을 기쁘게 해 드리리, 때로는
그분도 고요한 춤과 아카펠라의 찬양을 즐기시리

십자가 그늘 8

고난은 피하지 말고 받아들이는 것이
유익한 길이 되고
영혼이 견고해지는 과정이고
환란은 우리를 명장이 되게도 하고
때로는 명작이 되게도 만드는 것을

끝났다는 말이, 절정의 의미가 될 수도 있고
죽음이 부활의 새 생명을 창조하듯
우리는 그분의 고난을 먹고 자라네

우리는 자기를 부인하고
예수님처럼 각자의 십자가를 지고
그분을 롤 모델로, 장성해 가야 하리

예수 그리스도의 길은 쉽지 않고
예수 그리스도의 길은 어렵고 험해서
쉽게 예수 믿고 싶지 않은 유혹이 늘 밀려오고

십자가는 고난이듯, 낮고 험한 곳이기도 하고
섬기는 일은 좌절과 자랑이 허물이고
섬길수록 욕먹고, 욕은 먹을수록

나의 인내와 십자가로 담아내야 하는 것이네

십자가를 경험하고
고난의 피해자가 되지 말고
십자가의 고난을 통과하면 승리가 있고
그분의 크신 은혜가, 그대를 기다린다네

에녹과 엘리야처럼 죽지 않고 들림을 받아
나비처럼 나풀나풀 춤추며 날고 싶은
아, 오늘 이 순간을 오래도록 보관하고파라

십자가 그늘 9

사랑으로 나아가는 길은
사랑을 만드신 그분에게 나가야 하리
그분의 사랑은 추상명사가 아니고
변함없고 변질이 없는 진리라네

힘든 절벽을 만날 때 십자가 아래로 가세
그분은 항상 그 자리에 계시면서
주님은 양팔을 벌려, 우리를 품어 주시네
십자가의 사랑은 깊고 너비가 우주적이고
총체적이고 구체적이고 완전한 사랑이네

그분의 사랑은 거짓이 없는 아가페이고
대과 없이 독생자를 우릴 위해
십자가에 내어 주신 절대적 선물이네

늘 그곳에 있는 십자가는
그분이 우리를 위해 준비하신 사랑이고
그 사랑을 먹고 만지고 호흡하면서
그 사랑으로 매 순간을 살아가고 있네

오늘날 우리가 힘들어하는, 모든 문제는

욕심과 사랑의 결핍이고, 그 결핍은 영적 마음의
문이 잠겨 있기 때문이라 하네
영적인 문이 열리면, 십자가 사랑이 보인다네

십자가 사랑을 정직하게 만나면
공허 외로움 고독 이런 단어들이 사라지고
그분과 달콤한 연애에 빠지게 될 것을
설레는 가슴으로, 허공을 걷듯이 사랑하게 되리

사랑으로 나가는 길은, 오직 그분과 함께
십자가 사랑의 깊이와 너비로 만나는 것이고
그 사랑은 영원히 변치 않을 반석이라네

십자가 그늘 10

고난주 특별 새벽예배 가는 길
지하철 시간이 오픈되지 않아
매일 택시를 타고 교회로 가는 것은
예배 시간에 주님을 만나기 때문이네

새벽에 교회 가는 길은 택시요금이 더 나와서
기사님께 왜냐고 물었더니 할증요금의 추가라고,
외국에 오래 살았던 나는, 할증이란 말을 몰랐고
할증요금은 자정 12시부터 새벽 4시 사이에 타면
요금이 20% 추가되는 금액이라 했네

새벽 4시 전에 교회에 도착해서
강대상 앞에 무릎 꿇고 기도하려면
할증요금을 내고 다녀도 나는 기뻤고
그분과의 만남이 길고 깊기 때문이네

아버지 집으로
지난 특새 때는 동생이 차로 매번 태워다줘서
할증요금이 부여되는 개념을 몰랐네
늦게나마 알게 되고 배우는 것이
얼마나 즐거운 일인지, 택시 기사님에게

그분의 사랑을 축복의 말로 전하니
기사님은 기뻐했고, 고운 말로 답을 했네

나는 아버지의 은혜를 누리고 사는
주님이 기뻐하시는 기쁘미로 살고 싶고
주님이 기뻐하시면 무엇이든 하고 싶네

오늘 새벽은 은혜가 더 충만해서 길거리에서도
전도로 찬양하고, 선교로 춤추고 싶어지는

십자가 그늘 11

세상의 사랑은, 오해와 상처가 동반되고
그 사랑은 상처와 결핍으로 괴롭지만
그분의 사랑은, 고귀하고 순수하며 영원하다

인간의 사랑은 받을수록 목이 마르고
C.S.루이스가 '세상에는 사랑을 필요로 하는
사람으로 넘실거린다'고 했듯이
이 시대는 사랑 고픔이들이 병적으로 많아
만나는 사람마다, 관심과 배려를 받고파 난리다

십자가 사랑은 내가, 그 그늘 아래로 가서
묵상만 해도 아낌없이, 그냥 주시는 사랑이고
십자가 사랑은 상대적 사랑이 아닌
그분이 나를 구원해 주시는 무조건적 사랑이다

십자가 사랑을 만나고 나서 내게는
가슴의 구멍이 메워지고, 사랑하기에도 바쁜
예전에 경험하지 못했던, 가치 있는 시간을
그분의 사랑으로, 그 사랑을 나누며 살고 싶네

내가 만나는 사람들에게 축복을 빌어주고

아버지 품으로 돌아오도록 기도하고
나머지는 성령께서 대신해 달라 부탁하네

하나님 주님 성령님 삼위께 영원히
감사함으로, 꿀맛 같은 오늘이 기적이고
신비의 빛이 타작 되어, 마음의 어둠을 밝히네

참 신비의 빛은, 크게 타작 되어 천지가 눈부시고
하늘과 땅이 빛으로, 아름다운 옷을 지어 입고
눈길이 닿는 곳마다 사랑의 꽃이 피어나네

어두움이었던 내가, 울보였던 내가,
성령의 빛이 번지어, 웃음이 절로 새고
내 안에 성령님 계시어 밝음으로 변했네

십자가 그늘 12

No Cross, No Crown,
십자가 없이는 왕관도 없고
고난 없이는 영광도 없는 것을

십자가 고통은 신비 중의 신비이고
희생 없이는 사랑과 보람을 못 느끼고
고난과 상처 없이는 영광을 못 얻겠고
잃어야만 얻을 것이고, 죽어야만 부활할 수 있듯,

나를 온전히 부인하고
십자가를 지고 그분을 따라
주님이 가신 그 길을 가는 것이
십자가의 길이고, 은혜의 길인 것을

나는 주님의 고난을 모르지만
주님은 나의 고통을 알고 도와주시고
슬픔의 어두운 길을 걷고 있는
나와 늘 함께 걸어주시고 돌봐주시네

고통을 은혜의 승리로 이끄시는 성령님
십자가는 내가 길을 잃지 않도록

신비의 빛으로, 생명의 길을 안내해 주시네

십자가는 신비의 밀어로
성령은 방언의 언어로
나를 환하게 미소 짓게 하고
푸른 초원과 평화의 강가로
그분은 잠잠히, 나를 인도해 주시네

십자가 그늘 13

십자가와 예수를 묵상하다가
하늘나라로 먼저 간 아들 Paul 생각에
고통과 비통 처절함과 아픔이 슬픔으로 밀려와
나는 통곡의 기도를 방언으로 올려 드리고,

기도 중에 조각작품, 피에타가 떠올라
반 고흐의 요양원에서 그린 피에타
미켈란젤로의 베드로 성당 입구에 있는 피에타
케테 콜비츠의 슬프고도 처절한, 피에타의 조각
마리아는 아들의 주검을 안아 보았지만,
나는 기절해서, 아들의 주검을 안아 보지 못했네

왜 기도 중에 피에타가 떠오르고
아들의 죽음이 떠올랐을까?
참척의 고통을 예수의 십자가를 통해
나의 깊은 상처를 치유해 주시려고
참혹하게 드러내 주신 것이 아닐까?

십자가에서 돌아가신 우리 주님!
서울대학교에서 생을 마감한 나의 아들,
고난주 특별 새벽기도회, 십자가 그늘에서

치유와 응답을 주신 우리 아버지 하나님!

십자가를 지려거든 구레네 시몬처럼,
투덜거리지 말고 지라 하시네
십자가는 주님처럼 피와 땀을 쏟으며
쓰러져도 최선을 다해서 지는 거라 하시네

기독교 신앙의 본질은 십자가이고
기독교 신앙의 핵심도 십자가이고
나는 십자가 그늘에서, 문제해결을 응답받았네

내가 이 땅에서 마무리해야 할 일들을
내가 이 땅에서 마지막으로 해야 할 사랑을
십자가는 말해주고 있네, 십자가는 사랑이네

십자가 그늘 14

2023년 사순절 특별 새벽예배를
빠짐없이 참석해 은혜받게 인도해주신
성령께 존경과 영광과 감사를 올려드리네

나이 탓일까? 새벽바람 탓일까?
기도의 톤이 높아서일까?
나의 갑상샘 질환 때문일까?
내 목은 수 주째 고통을 호소하네

4월 7일 금요 철야 기도회
오늘은 서울에서 80명이나 단체로 오니
나도 그 기도의 물결 속에 빠져 원 없이
기도의 동굴 속으로 스며들고 싶은데
목의 극심한 통증이 허락하지를 않네

며칠 후 미국에 가야 하는데
미국에서 생성되는 연금계좌에
해커가 붙어 지난해부터 흔적 없이
그림자도 남기지 않고 잔금이 줄어들어
미국에 가서 해결할 수밖에 없다네

나는 복수국적자이기에
미국에서는 세금을 내고
한국에서는 달러를 벌어들이는
나는 자랑스러운 시니어이고
양국에 도움을 주는 애국자이네^^

지금 건강을 돌보지 않으면
미국에 갈 수 없을 텐데
금요 철야 기도회 참석 못해 속상해서
성령의 도우심으로 사도 바울처럼
나는 목이 아파도 즐거워하려 애쓰네

우리 목사님은 환절기에 목이 괜찮으실까?
십자가의 사랑으로 목사님의 건강을
기도의 두루마리로 덮어달라 기도하네

우리 목사님 앞머리에, 성령의 새가
은빛 두 날개를 활짝 펴고 앉아있는 것은
지혜와 계시와 예언의 말씀으로
우리에게 꿀을 먹이시는, 고통의 흔적이고
수고의 몇천 배로, 그분은 기쁨으로 응답해 주시리

대구에서 서울에서 우리 교회의 철야 기도회에
참석하겠다고 연락이 올 때마다 나는 자랑스럽다
아무리 아파도 동행해서 함께 은혜받아야지 다짐하네
성령이 임재하는 교회에 출석함을 감사드리게 되고

성령의 꽃이, 은혜 홀과 사랑 홀 구석구석에서 피어나네

십자가 그늘 15

아, 얼마나 기도하고 찾았던가?
남은 생을 어떻게 마무리할 것인가를
그런데 이번 고난주 특새를 통해서
룻이 이삭을 줍듯 알뜰히 찾게 해주셨네

룻이 보아스를 만나 결혼한 것처럼
나는 십자가 안의 참 그리스도를 만났고
우리 주님과 영적인 혼인을 맺었네

내가 이런저런 핑계로 특새에 불참했으면
결코 응답받지 못했을 십자가의 은밀한 신비를
성령께서 인도해주시어, 큰 선물을 받았네

거짓과 게으름은 악이고 사탄이라, 했으니
앞으로도 게으르지 말라고, 거짓은 멀리 보냈네
강단의 말씀을 정성과 열정으로 찾아 먹고
영과 육의 건강을 위해 말씀과 찬양과
봉사로 지속적인 기쁨을 창조해가리

내가 그토록 갈망했던, 그 응답은
십자가였네~ 십자가였네~ 그 응답이

십자가 속에 깊이 들어있어서 몰랐다네

이제는 찾았다네, 내가 갈 그 길을
바로 십자가의 길이였다네
나의 인내와 소망이, 십자가 속에 값지고도
황금 찬란한 블랙다이아몬드로 박혀있었네

십자가에서 캐낸 신비의 보석으로,
나는 아버지가 기뻐하실 은유의 시를 읊어 드리리
나는 아버지가 기뻐하실 은유의 찬양을 불러 드리리

그분은 파란 리듬의 하늘 춤을 추시고
나는야 푸른 리듬의 들꽃 춤을 추리라

그분과 함께 시를 짓고 기도하고 춤추며 살리라
그분과 함께 찬양하고 사랑하고 영원히 살리라

십자가 그늘 16

KOSTA WORLD 23
국제복음주의 학생연합회
한인 유학생 선교 운동 단체인
코스타 월드 2023년 행사가 3일 동안
부산 수영로교회에서 마련되었다

전국 320여 교회에서 수천 명의
청년들이 주님을 향한 뜨거운 열정으로 모였고
루카스와 그의 밴드가 열띤 오프닝으로
그분께 영광을 올려드렸고, 이어서 재치 넘친
브라이언 킴의 유모어와, 그가 작사 작곡한
신곡 '그 손의 상처'는 너무나 감동이었다

이영표 축구 해설위원의 특별한 간증으로 시작되어
각계각층의 통솔력 있는 대표들의 영성에 대한 강의내용
이요셉 사진작가는 아프리카 차드에 우물을 파주었다고,
나도 24년 초에, 차드에 우물 하나 파달라고 마음을 모아주
었네,

가난해도 꿈꾸며 해맑게 살아가는, 그들을 찍은 사진 해설과
할리우드 드론 영화감독 스티븐 오의 영화 촬영, 하나님과

예수님을 만날 때는 탐 크루즈를 만나듯,
고운 옷을 차려입고 설레는 마음으로, 그렇게 준비하라고
코스타 월드는 젊은이들에게 꼭 필요한 이벤트였다

나는 코스타 월드 손목 밴드를 차고
명찰을 목에 걸고 기도로 응원하며 참석했고
젊었을 때 좀 더 그분을 위해 헌신하지 못했던
후회가 파도처럼 밀려와 눈시울이 뜨거웠고
남은 시간은 그분의 영광을 위해 뭔가를 하고 싶었다

내 나이 80에, 그분을 위해 뭘 할 수 있단 말인가?
기도하면서 성령께 곰곰이 물어보았네
그분께서 응답해 주셨네, 젊은이들을 위해 기도하라고
하나님, 기도와 봉사가 제게는 노동처럼 힘들어요
―그러니까 해야지
네 하나님, 십자가 아래서 당신의 도움을 청합니다,

코스타 월드 마지막 저녁 설교는 이동원 목사님이셨고
그의 설교가 끝나고 하나님 앞에 헌신하겠다고
손들고 무릎 꿇은 많은 청년을 보면서 미래에도
하나님의 나라가 이 땅에 탄탄히 세워질 것을 믿었네,

〉

청년들은 물론 시니어들도 꿈을 꾸며, 주님의 복음이
온 지구를 덮을 것을 믿으며, 나는 뒷좌석에 앉아
전국에서 모인 청년들이, 그분의 사명으로, 땅끝까지
하나님의 나라를 확장해 나갈 것을 기도하며 함께했네

하나님은 당신의 나라와 영광을 위해서 하는,
서원과 사명은 무엇이든지 들어주실 것을 믿네 ―아멘

완곡하지만 치열한 믿음의 언어들

– 이향영 신앙시집 『밀회, 그 사랑의 품으로』

김 종 회
(문학평론가, 전 경희대 교수)

1. 그가 거쳐 온 세월과 문학적 편력

필자가 이향영 시인을 만난 것은, 2023년 8월 초 부산에서 열린 제18회 동북아기독교작가회의에서였다. 미국 LA에 있는 지인으로부터 그에 대한 얘기를 들었으나, 얼굴을 대하기로는 그 작가회의가 처음이었다. 이 두 가지 정보를 종합해 보면 그가 미국에서 오래 산 복수국적자이자 돌올꽃兀한 기독교인이라는 정체성을 쉽게 확인할 수 있다. 미국에서 43년을 지냈으니, 이역만리 타국에서 코리안 디아스포라로 반생을 보낸 셈이다. 그리고 여생을 고국, 고향에서 보내기로 작심하고 돌아와 부산 수영로교회의 교인이 되었다. 미국에 있는 동안 문학과 미술을 공부했고, 사진학과 박물관학에도 연조年條를 두었으며, 개인전과 그룹전을 포함하여 다수의 전시회를 열기도 했다.

문인으로서 그는 매우 부지런한 사람이다. 아프리카에서 헌신적인 의료봉사 활동을 하다 유명을 달리한 이태석 신부를 위해 『환한 빛 사랑해 당신을』이라는 추모시집을 냈고, 트로트 가수를 위한 『세븐스타 그대들을 위하여』와 한부모 가정을 위한 『별들이 소풍 와서 꽃으로 피어 있네』 등의 시집을 냈다. 그런가 하면 『해운대 페스티벌』 등 14권의 시집, 『밀가의 아리아』 등 4권의 소설 단행본, 기행 순례집 『어머니, 어머니 나의 어머니』 등 4권의 산문집을 냈다. 근자의 시집 3권에는 자신의 암 투병 기록을 담아 많은 이들에게 감동을 전했다. 그 자신이 독실한 기독교인인 만큼, 눈앞의 곤경에 응전하는 새 힘을 달라고 하나님께 간구하는 것은 당연한 이치다.

이번의 시집 『밀회, 그 사랑의 품으로』는, 지금까지 쌓아온 시인으로서의 역량을 다하여 자신만의 가열苛烈차고 곡진曲盡한 어조로 하나님께 나아가는 신앙의 고백이요, 그 실상의 기록이다. '아버지 집으로' 간다는 것은 매일같이 그가 걷고 있는 신앙생활의 경과를 말하는 것이요, 더 멀리 내다 보기로는 언젠가 돌아갈 하나님 나라 본향의 그 집으로 간다는 의미다. 그는 미켈란젤로의 피에타, 곧 성모 마리아가 십자가에 매달려 죽은 예수의 시체를 무릎에 안고 슬퍼하는, 그 광경을 표현하는 마음으로 이 시집을 썼다고 밝히고 있다. 이와 같은 심경이면 육신과 영혼, 세상살이와 영적 피안을 아울러서 자신이 붙들고 있는 믿음보다 더 귀한 것이 없다는 선언의 표현과 다르지 않다.

2. 혼신의 힘을 다한 기도의 지향점

1부 〈그 사랑의 품〉에서는 모두 15편의 연작시로 되어있다. 시적 의미를 어렵거나 길게 가져가지 않고, 마치 노래라도 하듯 정형시의 운율을 살린 반복적인 시행으로 짧은 단락들을 구성한다. 산문적인 언어를 축약하면 운문이 되고, 설명체로 되어있는 언어를 축약하면 노래가 된다는 이치를, 시의 문면文面을 통해 목도하는 셈이다. 그런데 그 운문이요 노랫말의 지향점은 한결같이 '아버지의 집'이다. 성경에서 이 언어 개념은 아직 어린 예수의 '아버지의 집'(눅2:49) 언급을 비롯하여 여러 곳에서 발견된다. 아버지의 집을 전제한다는 것은 몇 가지 의미망을 포괄한다. 그것은 하나님 자녀의 언사이며, 나의 집은 그 앞에서 임시거처에 불과하다는 사실이다.

새벽마다 기도의 지팡이로
복음의 문을 두드리며
눈물로 당신께 매달리네

지금까지 없는 명예와 재물로
인간관계 지키려고 고통스러웠네
헛된 것들 붙잡고 괴로워 말고

모든 것 다 내려놓고
모든 것 다 버리고

십자가 그늘 아래로

당신 손을 꼭 붙잡고

당신만 따르라 하시네

당신 안에 머물라 하시네

내게 아무것 없어도

주님이 두 손 꼭 잡아 주시니

어찌 기뻐하지 않으리

나는 주님의 것이네

나는 그 사랑의 품에서 살리라

– 「아버지 집으로 6」 전문

오후에 걷기 위해

밖으로 나갔네

아파트 앞에서 발이 접질려

침 맞으려 아침 한의원을 찾았네

친절한 원장님은 골절 같다고

정형외과로 보냈고

엑스레이 결과 수술을 권유받았네

한순간 절망의 벽이 내 앞에

검은 장막으로 세워졌네

인생이 삶이 즐겁다고
해운대가 좋다고 자랑한 내게
모든 자랑을 배설물로 여겼다는
사도 바울의 겸손한 서신이 생각났네

갑상샘암으로 수개월 말 못 해도
자연치유로 이겨낸 나는
골절도 자연스레 붙게 하고 싶었네

− 「아버지 집으로 11」 부분

「아버지 집으로 6」에서 시인은 새벽마다 눈물의 기도로 일관한다. 지금까지 지키려 했던 인간관계와 헛된 것들을 내려놓으라는, 말씀은 그가 기도 중에 깨우친 응답이다. 하나님의 응답은 그에게 단순하고 쉬우면서도 실제적인 각성으로 다가왔다. 모든 것 다 내려놓고 당신 안에 머물라는 권유다. 「아버지 집으로 11」에서 시인은 발이 접질려 한의원을 찾아간다. 원장은 수술을 받으라고 하지만, 시인은 완곡하게 거절한다. 갑상샘암을 자연치유로 이겨낸 전력前歷이 있는 그에게 발목 골절은 별일이 아닌 터이다. 그런데 그 자연치유가 아무 일도 안 하고 나았다는 뜻일 리 없다. 아마도 그는 야곱이 그랬듯 혼신의 힘을 다하여 하나님과 기도로 씨름했을 것이다. 이와 같은 스스로의 체험적 역사役事가 개재해 있기에 이 시집은 미쁘고 힘이 있다.

3. 신앙의 확신과 치유의 존재 증명

　2부 〈환란이 은혜가 되어〉는 시인이 자신의 새벽기도 출석과 발목 골절 그리고, 그 치유에 관한 이야기를 일기처럼 써 내려간 19편의 연작시로 되어있다. 아마도 시인은 시의 성취도에 대한 욕심을 내지 않고, 자신의 신앙에 대한 존재 증명과 그것을 믿음의 동역자들과 나누는 간증의 형식으로 일관하려 한 듯하다. 2022년 12월 26일부터 시작된 수영로교회 특새, 곧 특별 새벽기도회가 이 시인이 시집의 2부에서 활용한 시적 터전이다. 그는 새벽 '라이드'가 필요해서 알바 구하는 광고를 내기까지 했는데, 결국 동생이 '사랑으로' 감당해주기로 했다. 시인은 이를 '최상의 선물'이라 이름 붙였다. 그렇게 시작된 기도회에서 시인은 그 믿음의 뜨거움 만큼 많은 선물을 받는다.

　　　누가복음 15장은
　　　이 시대의 형제 관계를
　　　잘 말해주고 있네

　　　이 시대는 빙하의 계절
　　　형제간의 배려는커녕
　　　더 가지기 위해서
　　　서로는 서로를 고소하고
　　　관계마저 무너뜨리고 대면 없이
　　　지내기도 하는 유리와 얼음의 관계

〉

부모는 물론 형제의 우애마저 저버리고

홀로 족이 되기 위해

아버지 집을 떠나서

먼 나라로 가려고 하는 바람의 피

자유를 찾아 멀리 떠나지만

아버지의 보호와 사랑을 잃은 영혼들

외로움과 공허를 채울 길이 없다네

—「그분의 품으로 8」 부분

두 번째 엑스레이를 찍었고

골절이 조금도 좋아지지 않아서

수술을 하는 것이 좋겠다고 또 권하네

나는 닥터에게 좀 더 기회를 달라고

어떻게 하든지 뼈가 붙게 애써보겠다고

수술은 미루겠다 하고서

나는 하나님의 능력만 믿고

부지런히 기도만 하네

화진이 조카가 주문한 휠체어를

동생이 조립을 해줘서

둘째 주부터는 한결 편리해졌네

비좁은 아파트 공간에서
휠체어를 타고 부엌 응접실 안방을
오가는 나의 새로운 삶이 시작되었네

–「그분의 품으로 15」 부분

그 선물 중 하나는「그분의 품으로 8」에서처럼 이 시대가 '빙하의 계절'이라는 깨달음이다. 깨달음은 무엇을 말하는가. 신실한 믿음은 그것을 인식하는 데 머물지 않고, 그 너머 해빙解氷과 축복의 날을 기구祈求하는 강력한 에너지를 발산한다. 살아있는 믿음이란 바로 그러한 것이 아니겠는가. 시인은 형제간의 얼어붙은 관계성이나 부모와의 괴리乖離 등, 이 시대의 난제를 치유하는데 '그분의 품으로' 돌아오는 가장 원론적인 방안을 제시한다. 이 근본적인 문제가 해결되면, 나머지 현상적인 부분들은 부차적인 것이다. 그리고 궁극에 있어서는 해소의 방안이 나서게 된다.「그분의 품으로 15」에서 애쓴 노력 끝에 자신의 발목 골절이 호전되어 가는 은혜를 누리는 시인은, 신앙의 확신과 기쁨을 당당하게 말할 수 있게 되는 터이다.

4. 믿음의 공동체와 순방향의 작동

　3부 〈안드레 마을〉에서는 말씀과 기도와 찬양으로 가슴 속의 허무와 공허를 물리친 17편 신앙 고백의 시가 줄지어 있다. 성경에서 안드레Andreas는 예수의 열두 제자 중의 한 사람이다. 이 시에서 안드레 마을은 수영로교회 25교구의 영적 공동체 이름이다. 교인들이 함께 교제하고 은혜를 나누며 믿음의 깊이를 더해가는 교회의 사랑방 조직에 시인이 속해 있고, 그것을 전적인 기쁨으로 받아들이는 것이다. 3부의 모든 시가 그 공동체에 관한 주제를 보이고 있지는 않으나, 전체적인 흐름 가운데 시인은 지난날 인간관계의 어려움을 되돌아보면서 이 목장牧場에서의 만남이 얼마나 귀한가를 지속적으로 되새긴다. 최초로 부름 받은 제자 안드레, 가족 유대의 한계를 넘어섰던 그의 충성심이 이 목장의 이름 작명에도 결부되어 있다고 할 수 있을까.

　　　영어로 주기도문 암송하는 향기
　　　그녀는 7학년 5반이다
　　　전화를 걸어 내게 암송해 주는
　　　그녀가 너무나 자랑스러웠네

　　　미국에서 반평생 살다 온 나도
　　　주님이 가르쳐주신 기도문을
　　　영어로 암송 못 하는데
　　　그녀가 대단해서 마구마구 칭찬해 주었네

〉

남을 칭찬해서 상대가 좋아하면
나는 더 행복하고, 도전이 되어 좋네
질투와 시기가 많은 세상에 칭찬은
이해로 화목하게 지낼 수 있는 꽃길이 되네

반깁스로 집에 있는 동안
영어로 주기도문 암송 연습을
아침에 일어나면서 하고
저녁에 잠들기 전에 하고

나는 인지기능 저하증이 있음에도
반복의 힘으로 해낼 수 있었고
나도 이젠 향기처럼 영어로 주기도문을
암송할 수 있어서 향기가 고마웠네

주님이 가르쳐 주신 주기도문은
복음을 요약한 황금율이니까
아침저녁 비타민처럼 복용하니
나의 영과 육이 생기로 차오르네

- 「안드레 마을 11」 부분

내 나이 80세가 되면서

나는 그분께 물었네

아버지 집으로 가는 날까지
뭘 하고 어떻게 살아야 할지
기도의 응답을 달라고
새벽 기도 때 매달렸네

아무리 눈물의 기도를 올려드려도
나는 응답을 받지 못했네

그때 나는 깨달았네
주님을 위해 아무 준비도 없이
철부지 아이처럼 응답만 달라고 떼썼네

—「안드레 마을 15」 부분

　「안드레 마을 11」에서 시인은 영어로 주기도문을 암송하는 75세의 '그녀'를 만난다. 그것이 시인에게 하나의 모범이 되고 격려가 되는 형국이어서 이 믿음의 공동체가 순방향으로 작동하는 하나의 증좌를 보였다. 그 결과로 '아버지의 미소'가 시인의 가슴에서 피어오르니, 믿는 자의 행복이 여기에도 있다 할 것이다. 「안드레 마을 15」에서 시인은, 자신의 나이 80세가 되면서 주님께 물었다고 술회한다. 앞으로의 생애에 무엇을 해야 할지에 대해서다. 특새 두 주가 끝나도록 응답을 받지 못하고, 자신이 '준비 없는 빈 그릇'으로 응답을 기대했음을 깨닫는다. 그런데 이 깨닫기

에 이르는 정황 자체가 선명한 응답인 것은 아닐까. 시인은 마침
내 이렇게 되뇌인다. '제 영원한 소망은 아버지의 품'이라고.

5. 삶과 죽음의 경계를 넘어서는 힘

4부 〈메멘토 모리〉는 그 어의語義대로 죽음의 날에 대한 신앙적
대비의 자세를 노래한 16편의 연작시다. 고대 로마에서는 원정
에서 승리를 거두고 개선하는 장군이 시가행진을 할 때 노예를
시켜 행렬 뒤에서 큰소리로 이 말을 외치게 했다고 한다. 곧 '너
는 반드시 죽는다는 것을 기억하라'는 라틴어 낱말로서, 가장 좋
은 날에 겸손하게 행동하라는 뜻이다. 기독교에서는 죽음을 삶의
끝으로 보지 않는다. 모든 종교는 인간의 사후 세계에 대한 해답
을 갖고 있으며, 이는 종교를 성립시키는 절대적 요건 중 하나다.
기독교에서 사후에 천국과 지옥을 설정하고 있는 것은, 어쩌면
현세의 삶에 대한 경고와 교훈에 더 큰 비중이 있는지도 모른다.

　　출생에 붙어 와서
　　평생을 따라다니는 죽음의 그림자

　　내 안에서
　　내 밖에서

　　울타리처럼 둘러 쳐져 있지만

있어도 모르는 척

알아도 내 것이 아닌 척

타인의 것인 양 방관하고

멋대로 살아온 계절들

더는 내칠 수 없어 내 발등 위에

어둠의 그림자로 자리해 있네

아주 가까이, 고운 노을로 와서

너의 동반자로 예쁘게 살아있는

너는 죽음과 친해지기로 했네

– 「메멘토 모리 7」 부분

삭발한 머리가 조금씩 자라고

발등의 골절도 붙기 시작하고

시간 속 계절은 알레그로로 흐르고

나의 죽음은 좀 더 가까이 와있네

나는 무엇을 준비해야 하나?

『소유냐 존재냐』 에리히 프롬의 책 제목처럼

지금까지 소유하고 싶었던 것 내려놓고

존재의 의식으로 풍성히 살아야지

남을 위해 희생하겠다는 말은 쉽지만
실행하기는 어려운 일이 아닌가, 하지만
십자가를 바라보면, 못 할 일이 무엇이랴

죽으면 놓고 갈 것들, 움켜쥐지 말고
모두 필요로 하는 곳으로 흘려보내자
주는 기쁨은 작아도 메아리가 되고
받는 즐거움은 커도 메아리가 없지
이타적인 마음으로 남을 돕는 것은 바로
나를 위한 행복이 되어주는 것을

Paul이 생전에 말했던 것처럼
맘, 나를 위해 갖고 싶은 것 가지니 금방 싫증이 나고
홈리스 들을 위해 봉사하니 JESUS의 말처럼
GOD을 위해 일 한 것 같고, 나는 해마다 봉사할래
아들 폴 유빈이처럼 생명까지도 남을 위해 봉헌하자

– 「메멘토 모리 12」 부분

「메멘토 모리 7」에서 삶과 죽음을 평생 함께하는 동반자로 인식하고 시인은 죽음과 친해지기로 한다. 말로는 쉽지만 이 지경地境에 도달하기까지 숱한 고통과 번민과 사유思惟의 길목들을 지나와야 했을 것이다. 그래도 이 단계에 이르고 보면 '주님과 함께'하는 꽃길이요 보석 길이다. 여기에 이르도록 시인의 삶에 직접적인 영향을 미친 구체적 증표 두 가지는 '삭발'과 '골절'이다. 육

신의 굴레에 매여 있는 인간이 그로부터 자유롭기 위해서, 가장 효험있는 치료제가 주님의 은혜라면, 이 시인이야말로 그 첩경을 찾아낸 지혜로운 자다. 「메멘토 모리 12」에서는 이 엄밀한 상관성을 잘 포착하고 있다. 그러기에 아들의 생명 봉헌까지도 수긍하고 수락하는 성숙한 마음자리에 도달한 것이다. 「메멘토 모리 12」에서는, 시인이 자신의 삶을 보람 있게 마감할 모든 준비를 마쳤음을 천명한다.

6. 강대상에서 받은 말씀과 그 묵상

5부 〈십자가 그늘 아래로〉는 십자가 그늘, 곧 강대상의 말씀으로 치유 받은 간증의 시 16편으로 되어있다. 익히 알다시피 십자가는 예수 그리스도의 '다 이루었다'는 역사를 수행한, 성스러운 장소다. 그러기에 십자가는 기독 신앙의 상징적인 표본이요, 자신이 그리스도인임을 표방하는 증빙이다. 하나님과 인간 사이의 수직적인 사랑, 그와 꼭 같이 중요한 인간과 인간 사이의 수평적인 사랑, 그 교차 중심이 십자가다. 이 두 가지 사랑을 완성하기 위하여 예수는 십자가 위에서 죽음을 맞았고, 부활을 거쳐 기독교를 생명이 살아있는 참 구원의 종교로 이끌었다. 시인은 이 불변의 진리를 자신의 것으로 체험하며, 그 감격을 시를 통해 노래했다.

　　　모르고 저지르는 죄
　　　알고도 저지르는 죄

죄 문제는, 하나님과의 연관이고
십자가 그늘에서 해결해야 하고

구원과 부활로 나아가는 길은
길이요 진리요 생명이신
오직 그리스도의 보혈뿐이니 회개하고
말씀을 믿고 주님의 뜻대로 사는 길이네

육의 목마름은 뒷골목의 마약으로
지성이나 명품으로 채워지지 않고
영혼의 목마름부터 자각해야 하고
예배와 기도와 말씀으로 채워지면
모든 것이 합력하여 선을 이루듯

환경과 상황이 문제가 되지 않고
온유의 마음과 몸이 갈증 없는
자유와 화평의 길은, 오직 그분의 길인 것을

하나님이 만드셨으니 오직 그분만이
모든 것 완벽히 채워주실 능력자시네

내가 아버지를 소리 높이어 부르면
지존하신 그분은 맨발로 달려와
구름 그늘, 사랑의 들판에서 나를 안고

나는 주님 품속에서, 기뻐하며 찬양하네

- 「십자가 그늘 2」 전문

사랑으로 나아가는 길은
사랑을 만드신 하나님에게 나가야 하리
그분의 사랑은 추상명사가 아니고
변함없고 변질이 없는 진리라네

힘든 절벽을 만날 때 십자가 아래로 가세
그분은 항상 그 자리에 계시면서
주님은 양팔을 벌려 우리를 품어 주시네
십자가의 사랑은 깊고 너비가 우주적이고
총체적이고 구체적이고 완전한 사랑이네

그분의 사랑은 거짓이 없는 아가페이고
대과 없이 독생자를 우릴 위해
십자가에 내어 주신 절대적 선물이네

늘 그곳에 있는 십자가는
그분이 우리를 위해 준비하신 사랑이고
그 사랑을 먹고 만지고 호흡하면서
그 사랑으로 매 순간을 살아가고 있네

- 「십자가 그늘 9」 부분

십자가의 구원은 인간의 죄를 대속하는 피의 희생이다. 「십자가 그늘 2」에서 시인은 모르고 짓는 죄와 알고 짓는 죄가 모두 십자가 그늘에서만 해결될 수 있다고 고백한다. 그러기에 이 엄중한 문제의 해결자는 오직 '지존하신 그분' 뿐이다. 시인의 생애에 있어 가장 큰 십자가는 아들 폴 리Paul Lee의 죽음이었다. 어떤 방법으로도 벗어날 길 없는 이 속박을 풀어줄 수 있는 이도 그분뿐이다. 「십자가 그늘 9」에서 시인은 하나님의 사랑은 추상명사가 아니고 변질이 없는 진리라고 언표言表한다. 때로는 동어반복으로, 또 때로는 동일한 노랫말처럼 흘러가는 그의 언어에는 믿음의 열망과 소망의 간절함과 사랑의 충일이 함께 잠복해 있다. 신앙 간증 시집의 면모에 이보다 더 무엇을 바랄 것인가. 그래서 하는 말이다. 그는 여리지만 강하고, 완곡하지만 치열한 믿음의 시인이다.